목발과 오븐

목발과 오븐

김형수 에세이

한뼘책방

차례

여는 글

이 사람부터 태웁시다

1995년 2월 28일, 통일호 기차에서 내린 시각은 새벽 4시. 서울역은 하얀 안개비로 오슬오슬했다. 우산 쥐지 않은 손등에 비가 서리 내리듯 쌓인다. 채찍비 아닌 잔비인데도 손등이 아프다.

일제 경성 앞에 있을 법한 서울역 문 밖으로 엉거주춤 나선다. 어디서 나왔는지 알 수 없는 나이 든 아주머니들이 지하철 첫차를 타려고 계단을 내려가는 사람들을 부르며 모으고 있다. 자고 가라고, 잘해 준다고, 아가씨들 이쁘다고. 서울역 앞에서 남자란 남자는 다 잡아끌던 그분들은 굳이 나를, 아니 나만 붙잡지 않았다. 내게 눈길조차 주지 않는다.

어릴 적 부산의 새벽 택시는 마수걸이 손님으로 안경잡이, 여성, 장애인을 태우지 않는다는 룰이 있었다. 나는 그중 두 가지나 해당된다. 어느 날은 부산 연제구 거제동 큰길에서 수많은 빈 택시가 우리 앞을 지나치는 것을 지켜봐야 했다. 어머니와 나는 두 시간을 서 있었지만 목발을 발견한 택시는 손사래를 치며 우리를 태우지 않았다. 결국 그날 친척 모임에 가지 못했다.

그런데 이제 서울에서 혼자 택시를 잡아야 한다. 승강장에서 기다리는 일부터 무척 긴장된다. 서울에 아는 이 하나 없고 길도 모르는데 택시들이 다들 그냥 가버리면 어떡하지 어떡하지 하는 사이, 안개비는 이슬비로 바뀌어 벽돌처럼 무겁게 내린다. 작은 낚싯바늘처럼 손등을 찔러 댄다. 비도 내게 사분사분하지 않았다.

다른 사람들은 촘촘히 붙은 부챗살처럼 모여 있다가 뜨문뜨문 승강장으로 들어오는 택시가 있으면 잽싸게 낚아챈다. 부산에서는 출퇴근 시간에도 볼 수 없는 잰걸음의 사람들. 내 발을 어디에 어떻게 둬야 할지 당황스러울 만큼 사람들 사이에 틈이 없다. 서울 사람들은 줄서기가 자연스러운 척했지만 뒷줄에 있다가도 주위를 밀치고 무섭게 달려나가 택시 문부터 열어젖히는 이들이 있었다. 나는 탈 순서가 되었는데도 자꾸만 밀려나고 있었다.

　그때 택시 한 대가 내게로 미끄러지듯 부르릉 엔진 소리를 내며 온다. 뛰어나오는 손님도, 순서에 맞게 기다리던 손님도 모두 마다하고 거른다. 이유도 모르고 승차 거부를 당한 이들이 황망하고 화난 얼굴로 뒷걸음친다. 갑자기 택시 기사님이 차에서 내린다. 자꾸만 나에게 오라는 듯 손짓을 한다. 내가 무슨 잘못이라도 했는가, 무어라 할까 덜컥 겁이 난다. 도망쳐야 할까?

　기사님은 줄 선 사람들에게 큰소리로 외치기 시작한다.

　"거기, 거기, 이 사람부터 태웁시다. 거기, 거기!"

　계속해서 나에게 오라는 손짓을 하신다. 주변 사람들이 서해 갯벌 갈라지듯 길을 연다. 나는 영문도 모른 채 소용돌이에 빨려 들듯 차에 몸을 밀어 넣는다. 기사님이 신나게 문을 닫는다.

　"사람들이 말이야, 먼저 타게 해야지 말이야, 보는 눈이 없어 보는 눈이!" 그러더니 묻는다. "학생, 어디로 가?"

　다시 한번 심장이 쿵쿵 뛴다. 내가 학생인 줄 어찌 알았지? 지하철역 계단을 내려가는 남자들을 잡아끌던 사람들이 떠오른다. 부모님도 모르게 납치되는 건가? 공포 아닌 공포에 모기만 한 소리로 대학교 이름을 댔다. 목적지를 내뱉자마자 질문이 쏟아진다. 무거운 가방 하나 달랑 메고 통일호에 밤새 실려 와, 홀로 서울에서 넘어져 죽기라도 하면 식구들이 못 찾지 않을까요? 주저리주저리 떠드는 사이 무서움이 잦아든다. 어느새 뒤통수 위로 하늘이 조금 밝아 온다.

가만히 듣고 있던 기사님이 씨익 웃으며 입을 연다. "뭐 어때? 그냥 한번 해봐아." 또 덧붙인다. "걱정은 일단 저지르고 출발한 다음 해도 늦지 않아. 잘하겠구만."

눈앞에 보이는 회색빛 벽은 책에서만 보던 독립문이었다. 독립문에서 왼쪽으로 꺾어져 만난 시커먼 금화터널이 귓가에 나직하게 속삭이는 듯하다. 이제 어디로도 도망갈 수 없어, 다시 부산 고향집으로 돌아갈 수 없어, 이 동굴로 들어가야만 해.

기사님은 학교가 생각보다 크다며 정확히 학교 어디를 가는지 묻는다. 대학 기숙사 이름을 대니 1초의 머뭇거림도 없이 차를 오른쪽으로 꺾는다. 왼편에는 뉴스에서만 보던 고풍스럽고 희끄무레한 대학 건물들이 거인처럼 도열해 있었다. 택시가 가는 곳은 다른 방향이었다. 사진으로 봤던 대학 정문이 아니라 다른 길로 접어든다. 군대 초소같이 자그마한 회색 출입문이다.

여기가 맞나? 두리번두리번 건물 간판을 찾아본다. 대학교 같지가 않다. 어둑어둑 시골 숲에서 길을 헤매는 것 같다. 마침내 발견한 이정표가 그리 반가울 수가 없었다. 벽에는 독일에서 지원을 받아 지은 기숙사라고 적혀 있다.

아직 해도 뜨지 않은 시각, 기숙사 입구에 도착했다. 기사님은 내가 첫 손님이니 잔돈은 받지 않고 요금을 깎아 주겠다 하신다. 천천히 천천히 내리라 하고 목발 끝에 한마디 더 붙인다.

"청춘은 그냥 하는 거야, 오케이?"

어떤 사람은 내 앞의 길을 훔쳐 가고, 어떤 구르는 것은 있는 듯 없는 듯 지나쳤다. 피사의 탑처럼 서서 사람들 사이에서 머리털이 쭈뼛쭈뼛 온몸의 피가 멈춘 듯 뻣뻣해져도, 잔량이 다해 가는 배터리에 마지막 시동을 걸듯 나를 움직인다. 오래전 서울역 그 길 위에 이런 사람, 나 같은 새내기 길손을 이동하는 사람, 세상을 굴리는 동(動)-테를 굴리는 그분 말 한마디에.

다. 그들만은 나에게 반말을 하지 않았다. 그들이 처음으로 나에게 힘과 관계가 있는 '호칭'을 붙여 주었다.

　내 이름을 자주 듣는 것은 주변 어른들이 내 어머니를 '형수 어머니'라고 부를 때였다. 집안 어른들은 어머니의 본래 이름을 잘 부르지 않았다. 며느리라고 불러 주지도 않았다. 그들은 어머니를 부를 때 어머니의 이름을 지우고 내 이름을 덮어썼다. 내 이름을 통해 어머니가 호출될 때마다 심장에 경광등이 번쩍번쩍 켜지는 느낌이었다.

　또 어른들은 자꾸만 나에게 시계방에서 일하라고 했다. 어린 시절 나는 손가락 마디마디 굳은살이 박이도록 종일 기어서 돌아다녔다. 집 밖 세상이 너무나도 궁금했기 때문이다. 무릎이 다 까지도록 돌아다녔다. 아무에게도 발견되지 않기를 바랐다. 누군가의 눈에 띄기라도 하면 여지없이 다시 집 안으로 끌려왔다. 그런 나에게 하루 종일 좁은 시계방 안에 가만히 있으라니, 그들을 이해할 수 없었다. 물론 시계방을 차리도록 돕는 이는 아무도 없었다.

　내가 생애 첫 학교부터 고등학교에 다니는 동안 어머니는 '형수 어머니'라는 이유로 여러 번 상장을 받았다. 그나마 상장에는 당신 이름이 적혀 있었다.

언젠가 서울에서 스무 명쯤 되는 여학생들이 둘러 앉은 강의실에 어머니가 초대되어 갔을 때도 칠판에는 '형수 어머님'이라 적혀 있었다. 20년 남짓 살아온 '형수 어머님'이라는 이름. 어머니는 아들 이름을 지우고 또박또박 다시 쓰셨다.

"제 이름은 이.순.희.(李順喜)입니다.
이제 그리 불러 주세요, 제 이름."

에 수건을 두르고 손바닥 세수를 했다. 김이 모락모락 피는 가마솥 뜨거운 물이 차가운 물 한 바가지를 만나면 딱 좋게 미지근한 세숫물이 되었다. 어머니가 손바닥으로 서너 번 내 얼굴을 문지르고 훔치면 세수는 끝이었다.

감나무가 지쳐서 홍시가 열리지 않는 해에 외할머니는 초록초록하고 떫기만 한 감들을 일찍 따서 마당 평상에 앉아 깎아 말렸다. 그 옆에 하얀 가루 핀 메주를 놓고 초가을 햇살을 같이 먹였다. 껍질 벗겨진 감에 메주의 진한 냄새가 배어들지 않는 것이 신기하기만 했다. 감은 햇빛으로 먹을 감으며 해를 넘겼다. 온통 허연 가루 옷을 입고 꾸덕꾸덕한 곶감이 되었다.

곶감은 왕할매가 제일 먼저 고르는 것이 원칙이었다. 왕할매는 이가 별로 없어서 곶감을 수정과에 넣어 몰랑몰랑 흠뻑 불려 잡수셨다. 왕할매 곁에서 힘을 잔뜩 주고 양반다리를 한 채 뻗치지 않고 견디면 내 차례가 왔다. 햇살처럼 새하얀 가루가 채 녹지 않은 단단하고 차가운 차돌 곶감을 먹을 수 있었다.

왕할매는 나를 볼 때마다 국민학교 들어가는 건 보고 가야지, 가야지 하셨다. 이 맛있는 곶감을 두고 어디로 가신다는 걸까? 영문을 알 수 없었다. 왕할매는 내가 미처 입학하기 전, 소작 치던 사람들이 머물렀던 별채에서 세상을 뜨셨다. 마당 앞에서 이리저리 놀다가도 어른들의 곡소리가 들리면 새삼 서늘해졌다. 이승에서 왕할매는 가끔씩 뻗치는 내 몸을 어루만지며 같이 가자 하셨다. 왕할매가 진짜로 나를 저승으로 데려가실까 밤만 되면 무서웠다.

왕할매는 갈색 두꺼운 뿔테 안경을 쓰고 별채에서 늘 불경을 외셨다. 자식을 여럿 두었으나 어느 분은 미국으로, 어느 분은 일본으로 뿔뿔이 떠나셨다. 아주 가끔 소포로 외국 과자와 크리스마스 카드, 비디오테이프가 날라 왔다. 그분들이 한 번씩 한국에 방문하여 우리집 위 이층 양옥집에 살던 작은 외할아버지를 만나고 가면, 경찰서에서 검은 옷 입은 사람들이 나오곤 하였다. 한참 후 내가 대학생이 되어서 일본에 가게 되었을 때, 어머니는 혹시라도 외고모님한테서 연락이 오더라도 만나지 말라고 주의를 주셨다. 외고모님은 그때 조총련에서 활동하셨다.

이따금 마을 사람들이 어머니의 아버지, 외할아버지 이야기를 하는 것을 들었다. 전쟁에 나갔다 고향으로 돌아왔지만, 파상풍이 퍼져 돌아가셨다는 이야기였다. 어린 나는 파상풍이 어떤 병인지 몰랐다. 마을 사람들은 전쟁에서 돌아온 외할아버지가 다친 다리를 자르지 않고 상처를 치료하지 않아서 세상을 떴다고 수군거렸는데, 더 궁금하지는 않았다. 뱃속에 있을 때 돌아가셔서 얼굴을 잘 모른다는 어머니도 외할아버지를 특별히 보고 싶어 하는 것 같지는 않았다.

외할머니의 흑백 사진을 처음 봤을 때 나는 엄마가 왜 흑백 사진 속에 있냐고, 억수로 옛날 사진에 엄마가 있네, 했다. 그렇게 외할머니를 꼭 닮은 어머니는 외할아버지와 사진 한 장 찍지 못했다. 이씨 집안의 장손이었던 외할아버지 이름도 기록에서 찾을 길이 없었다.

1995년 새해 벽두, 아버지의 사업이 부도났다. 아무도 우리 가족의 연락을 받지 않았다. 외할머니는 고기도 잘 드시지 않고 몇 년 동안이나 차곡차곡 모아 둔 국가유공자 유족 연금을 대학 등록금과 입학금으로 쓰라며 나에게 주셨다.

방학 때마다 묻고 또 물었는데도 외할머니 이름이 잘 떠오르지 않았다. 어릴 때는 리듬이 느껴져서 자주 입가에 맴돌았으나 대학 입학 이후에는 부를 기회가 없었다. 외할머니 성함은 서울에 유학 온 지 25년 만에 떼어 본 가족 증명 서류에서 발견할 수 있었다. 차씨였다. 차명조. 이름을 읊조리니 하얗고 단단한 곶감 맛이 났다. 붉은 식혜를 삭히고 있던 웅상의 나무 찬장에서 묻어나던 가공 코오피 냄새가 프린트된 것 같았다.

　대학교 2학년 여름방학, 전국의 대학에서 만난 친구들을 데리고 외할머니집을 찾았다. 대학 이름이 박힌 옷을 입은 친구들과 함께 있으니 달라진 점이 있었다. 부산에서 양산으로 가는 버스의 기사가 나에게 화를 내거나 버스 밖으로 밀어내지 않은 것이다. 처음으로 고속버스를 타고 외갓집에 간 날이었다.

　어느 날 외할머니가 혼자 장독대에서 쓰러지신 걸 이웃 주민이 발견했다는 전화를 받았다. 나는 수업을 들으러 강의실에 갔고, 종로 경찰서 앞으로 데모를 하러 갔다. 어머니는 서울 봉천동 실로암시각장애인복지관으로 활동 지원을 나가셨다. 인척들 아무도 나를 찾지 않았고, 뭐라 입에 올리지도 않았다. 어머니와 나는 굳이 장례식에 가지 않았다. 아버지와 형아만 양산의 장례식에 갔다. 우리는 한참 동안 외가 사람들의 전화를 받지 않았다.

　한동안 내게는 벌이가 없었다. 이따금 인권 강의를 하거나 글을 쓰는 일감이 생겼고, 오전 오후 연달아 종일 서서 학생들 앞에서 떠들고 나면 옷이 땀에 젖어 불어 터진 식빵이 온몸에 붙어 흐르는 것 같았다. 눈에 모

래 한 주먹 뿌린 듯 따끔따끔할 때면 외할머니 생각이
난다. 외할매 이름을 불러 본다.

헬로, 아임 프레시맨

¶

나는 1994년에 김영삼 정권이 OECD 가입을 위해 급조한 장애인 특별전형 첫 대상이었다. 전국에 여섯 대학뿐이었고, 연세대에는 나와 같은 입학생이 스무 명이 넘었다. 연세대는 대구대와 서강대 다음으로 특수교육대상자 특별전형을 언론에 발표해 놓고도 시행은 가장 늦었다. 개강을 얼마 남기지 않고서야 입학 절차가 겨우 마무리되었다. 그때는 이미 일반 기숙사의 정원이 다 차 있었다. 학교 밖 하숙집은 신촌 지리를 모르는 내게 블랙홀 같아서, 보이지도 않았고 접근도 어려웠다.

3월 개강이 몇 주 남지 않았을 즈음, 부산 연산동 재수학원 동기와 함께 서울로 왔다. 자정 넘어 부산역에서 기차를 타고 철커덩철커덩 달리면 다음 날 아침 7시 지나야 서울역이었다. 친구는 면접 보는 대학과 시간이 나와 다른데도 굳이 서울역까지 동행했다. 둘 다

돈이 없어 노란 바나나맛 우유 한 통으로 주린 배를 달랬다. 서울 구경은 영등포역 어느 백화점 식당가 작은 무료 공연이 전부였다.

　면접 장소인 문과대학 건물은 학교 정문에서 한참 떨어져 있었다. 골고다 같은 언덕배기에 올라가느라 내 겨드랑이와 목발에서는 끼익끼익 소리가 통일호 기차보다 더 크게 났다. 건물에 도착하니 다행히 작은 승강기가 있었다. 1층 넓은 로비에는 나와 같은 수험생이 한 명도 보이지 않았다.

　3층 복도에는 면접을 안내하는 조교도 없었고, 불안한 눈빛을 띤 학생들이 가득하지도 않았다. 긴 나무 의자 끝에 휠체어를 사용하는 학생 한 명이 대기 중이었다. 곁에는 그의 어머니가 계셨다. 면접실로 들어가는 나에게 격려 한마디 건넨 유일한 어른이었다. 좁은 복도에 이른 봄 햇살이 비추었다.

　면접관은 머리가 하얀 학과장 교수 한 명뿐이었다. 아크릴 이름판에 정현종이라 적혀 있었다. 국어 시간에 외운 시인 이름이었다. 나는 일본어와 경상도 방언의 관계를 공부하고 싶다고 잔뜩 긴장한 목소리로 가쁜 숨을 뱉으며 답했다. 신문 조각에서 봤던 디지털 시대 국어공학을 연구하고 싶다고도 했다. 시인은 대학을 잘 다닐 수 있겠냐며 걱정 가득한 눈빛으로 물었다. '죽더라도 학교 가서 죽자'를 가훈 삼아 12년 개근상을 받았노라, 오늘 여기에도 혼자 왔노라 했다. 면접은 오래지 않아 끝났다. 학과장님은 학교 조심히 다니라는 말과 함께 문을 열어 주셨다.

부산으로 돌아와 사나흘이나 지났을까. 2월의 끝에 겨우 합격 통보를 받았다. 친척들의 축하 전화도, 선물도, 친구들과의 파티도 없었다.

입학 절차를 마무리하기 위해 어머니와 서울에 와 학교로 갔다. 어머니가 행정 업무를 처리하러 가신 사이 나는 학생회관 지하 식당에서 기다려야 했다. 입학을 위해 이 넓은 학교에서 얼마나 더 걸어야 할지 가늠할 수 없었다. 그날 나는 팔소매가 없는 빨간색 패딩 조끼를 입고 있었는데 학생식당은 한겨울 황태 덕장 같았다. 털모자며 목도리로 감싼 학생들이 내 앞을 지날 때마다 석빙고에서 바로 나온 듯 차가운 바람이 따라왔다. 목발에 상고대가 필 것 같았다. 그곳에서 하얀 마분지로 된 대학 합격증을 받았다.

등록금 고지서를 들고 학교 안 한빛은행에 가신 어머니는 한참이 지나도 돌아오지 않으셨다. 나는 행여나 입학에 문제가 생긴 건가 싶어 덜컥 겁이 났다. 마침내 어려운 문제 하나 풀었다는 표정으로 어머니가 학생식당으로 들어오셨다.

다음 순서는 기숙사 신청이었다. 대학교 입학관리처는 영화「겨울 나그네」의 남자 주인공이 거닐던 예스러운 건물에 있었다. 어머니가 입학관리처에 가 보니 다른 학생이나 학부모는 보이지 않았다. 나처럼 늦게 합격증을 받은 학생이 없었기 때문이다. 학교 직원조차 내가 치른 입학 전형에 대해 몰라서 어머니가 신문 기사를 들고 특별전형을 설명해야 했다. 어머니는 납부를 마친 등록금 영수증을 교직원에게 들이밀고 태연하게 미소 지으셨다. 이 대학에 등록을 완료한 학생이 되었으니 이제 당신들이, 대학 당국이 책임지라고.

입학처 직원 한 분이 대학 내 모든 기숙사에 일일이 전화를 걸어 혹시 빈자리가 남아 있는지 수소문했다고 한다. 빈자리가 있는 기숙사가 몇 군데 있었는데, 그 직원은 내가 입학한 학부 건물에서 제일 가까운 곳에 있는 국제학사를 추천해 주었다. 이제 어머니 손에는 이 대학 로고가 박힌 국제학사 신청서가 있었다. 나는 그렇게 해서 학부 신입생으로는 최초로 국제학사에 들어가게 되었다.

1995년 삼일절 새벽 5시 넘어 대학교 기숙사에 도

착했다. 어스름 속에서 겨우 발견한 기숙사 건물 입구에는 전등이 반딧불처럼 켜 있다. 국제학사는 대학교 동쪽 입구를 지나 바로 왼쪽 언덕에 있었다. 그 길 바로 아래에 있는 한국어학당에서 공부하는 외국 유학생들이 한 학기나 길면 일 년씩 묵는 곳이었다. 굳이 한국어를 배울 필요가 없는 사람이라면 대학원생 정도가 되어야 아주 드물게 한두 명, 빈자리가 나야 국제학사에서 머물 수 있었다. 반딧불 같은 전등 빛을 따라가니 백발의 관리인이 비질을 하고 계셨다. 샛별도 나가지 않은 새벽에 닫힌 기숙사 문을 열어 달라며 들이닥친 것이었다. 새내기라며 방 번호를 말하니 별말 없으셨다. 사실 필요한 서류도 미처 다 내지 못하고, 공식 절차를 밟지 못한 채 전화로 찾아 준 방 번호만 들고 찾아온 참이었다.

3층 복도는 무척 어두웠다. 더듬더듬 문을 두드렸다. 안에서는 인기척이 없었다. 안에 있는 사람을 깨우면 행여 여기서 쫓겨나지 않을까 걱정이 되어 나는 1층 로비에서 몇 시간을 기다렸다.

아침 7시 반이 넘자 학생들이 나오기 시작했다. 잠옷도 아니고 가운도 아닌, 엄청 편해 보이는 옷을 입은 외국인 학생들이 돌아다녔다. 낯선 피부색과 다양한 머리색을 지닌 학생들의 모습은 새로움을 넘어 좀 충격이었다. 부산대 앞에서 몇 시간씩 사람 구경을 했을 때도 경험하지 못한 모습이었다.

방문을 열어 준 사람은 눈동자가 아주 컸다. 콧물 나게 추운 날씨에도 그는 웃통을 벗고 얇은 이불 하나로 몸을 가린 채 웃으며 나를 반겼다. 대학 기숙사 첫 룸메이트에게 내가 건넨 첫 인사말은 영어였다.

"헬로, 아임 프레시맨."

그는 가나 사람으로 어느 부족의 왕자라고 했다. 불어가 제1언어라 아프리카 친구들이 오면 불어를 썼고, 부족의 언어로 통화를 하기도 했다. 그는 한국말을 잘했지만, 나에게 신입생이니 영어를 많이 써야 한다며 방에서는 늘 영어로만 말을 건넸다.

우여곡절 끝에 기숙사에는 어찌어찌 들어오는 데 성공했다. 그러나 내일부터 당장 입학식이 있고 첫 수업이 시작될 텐데, 나는 학교에 대해 아는 것이 없었다. 합격증에 찍힌 일곱 자리 숫자, 9501063. 이 번호마저 잊으면 나를 아는 이가 없는 서울에 영영 혼자 갇힐 것만 같아서 외우고 또 외웠다.

신입생에게 필요한 서류를 받으러 대학 내 이 건물 저 건물로 다녀야 했는데, 신입생 명단에는 내 이름이 인쇄되어 있지 않았다. 내 입학이 확정된 것은 다른 학생들보다 한참 늦었기 때문이다. 마치 목에 건 군번처럼 등록금 영수증에 찍힌 내 학번을 매번 외쳐야 했다.

9......5......0......1......0......6......3,

9...5...0...1...0...6...3,

9.5.0.1.0.6.3!

900원짜리 참치캔

¶

국제학사에서 청송대 오솔길을 지나 학생회관까지 가는 500미터 길은 마치 5킬로미터는 되는 것 같다. 그래도 어제보다 날이 풀렸다. 등에는 땀이 흘렀다. 소나무 사이로 비추는 햇빛은 봄 햇살이지만, 서울의 바람은 얼음 망치로 온 피부를 때린다. 특히 귀가 잘려 나가는 느낌이다. 부산에서는 한겨울에도 귀마개를 볼 일이 없다. 기온이 0도 가까이만 떨어져도 춥다고 난리였다. 서울에 오니 장갑을 끼지 않으면 목발짓하는 손이 금방 감각을 잃었다.

방공호 찾듯 피신 온 학생회관이 그나마 내게는 반가운 건물이었다. 학생들은 포탄 터진 전쟁터인 양 부리나케 발걸음을 옮긴다. 번갯불 같은 사람들 다리 사이에서, 회오리 같은 발걸음 사이에서 나는 어디를 디뎌야 하나.

기숙사 서류를 내려고 긴 줄에 막막하게 서 있는데 누가 빼꼼히 내 서류를 쳐다본다. 굵은 뿔테 안경을 쓰고 이마를 잔뜩 찌푸린 그의 첫마디는, 넌 누구냐. 입학생인데요. 내 서류를 다시 한번 흘깃 보더니 말한다. 이리 내라. 사기꾼이 아닐까 싶어 겁이 났다. 그는 자연스럽게, 갑작스럽게 내 손목의 서류를 풀어 성큼 낚아채 간다. 사람들 사이에 있던 나에게 나오라 하더니, 길 건너 벤치에 나를 앉혔다. 그러고는 내 서류를 들고 앞질러 뛰어갔다.

　　십여 분 만에 나의 기숙사 입소 절차를 일사천리로 처리하고 그가 돌아왔다. 정작 본인 것은 내일 다시 신청해야 한다고 했다. 어안이 벙벙한 나에게 전기 주전자 하나를 준비하라며, 그거면 기숙사 안에서 계란이며 감자를 삶을 수 있다고 일러 주었다. 그는 또 보자며 오토바이로 부르릉 가 버린다. 한쪽 뺨에만 보조개가 유난히 깊게 팬 그 선배는 얼마 전 군대에서 제대한 국문과 92학번 복학생이라고 했다. 일반 기숙사도 붙었지만 일부러 여기 국제학사로 온 것이라는 이야기는 한 달 뒤에 들었다.

　　나는 전기 주전자를 살 돈이 없었다. 국제학사에는 상시 운영하는 식당이 따로 없었고, 아침에 외국의 게

스트하우스처럼 간단한 뷔페식 조식을 제공하는 것이 전부였다. 나는 혼자서는 식판을 들 수 없다. 식판을 좀 들어 달라고, 같이 아침을 먹자고 부탁할 용기도 넉살도 아직 생기지 않았다.

학교와 기숙사 사이에 있는 편의점에 들러 아침을 챙기는 일이 잦았다. 900원짜리 작은 참치캔 하나가 가장 만만했다. 봉지에 담아 손목에 걸고 가져오면 따로 요리할 필요도 없었다. 뚜껑을 따다 손을 다쳐 여러 번 피 맛을 보아야 했다.

드물게 보조개 선배와 아침에 만나는 날에는 든든하게 먹자며 유일하게 새벽에도 문을 여는 의과대학 식당으로 나를 데려갔다. 뜨거운 김이 모락모락 올라오는 뒷문으로 들어갔다. 아침 메뉴는 딱 하나밖에 없었다. 어느 날에는 시뻘건 선지해장국이 나왔다. 부산에서는 한 번도 도전해 보지 않았던 음식이다. 하얀 가운들 사이로 선지 피비린내가 번지는 모습은 낯설고 배부른 광경이었다. 하지만 아침은 굶는 날이 많았다. 선배는 신입생인 나보다 들어야 하는 전공 수업이 많았다.

능숙하게 한 번에 참치캔을 딸 수 있게 된 것은 4월이었다. 기숙사 외국인 학생들이 한창 한국어 시험을 보느라 정신없는 때였다. 1층 전산실에서 쪽글을 쓰는 중인데, 여학생이 다가와 어설픈 한국어로 전공을 물었다. 국어국문학과라고 했더니 한국어 문법과 받아쓰기를 가르쳐 달라고 부탁했다. 나는 쉬이 두세 시간 과외를 해 주었다. 어느 나라에서 왔는지 물어볼 새도 없이 그녀는 바쁘게 방으로 돌아갔다.

다음 날 아침 기숙사 방 인터폰으로 호출이 왔다. 기숙사의 다른 방 학생이 나를 호출한 건 뜻밖이었다. 그녀였다. 어제 한국어 과외를 했던 그곳에서 나는 정체를 알 수 없는 갓 튀긴 탕수육을 먹었다. 평소 중국집에서 배달해 먹던 것과는 사뭇 달랐다. 그녀는 한 시간 동안 탕수육을 만들었다고 했다. 기숙사에서 어떻게 요리를 했을까? 그녀는 "맛있어?" 딱 한마디 묻고는 별말이 없었다.

그녀는 대만에서 한국어를 배우기 위해 온 유학생이었다. 그날 맛본 요리가 대만식 탕수육이었다는 것은 20년이 흘러 연남동에서 대만 화교가 운영하는 동네 중국집에 가서야 알게 되었다.

나의 기숙사 첫 룸메이트는 한 달 만에 학비가 좀 더 싼 다른 학교 기숙사로 옮겨 갔다. 새로 온 룸메이트는 한국말을 전혀 쓰지 않는 미국 교포였다. 그는 기숙사의 조식도 입에 맞지 않는지, 긴 종이통에 든 감자칩을 아침마다 씹어 먹었다. 가격이 너무 비싸 나는 감히 손에 잡지도 않는 빨간색 통 감자칩이었다.

아침 등굣길은 늘 배가 고팠다. 소나무가 우거진 오솔길은 강의실로 가는 지름길이었으나 오르내려야 하는 언덕길이어서 체력 소모가 심했다. 참치 통조림의 느끼한 기름 한 방울까지 남김없이 칼로리로 몽땅 불태워야 했다. 지금도 편의점에 가면 버릇처럼 참치캔을 찾는다. 크기는 그대로지만 900원짜리는 더 이상 없다.

1995년 3월 2일,

오늘처럼

¶

3월 2일, 입학식이 열리는 노천극장으로 향했다. 학생과 학부모들이 보는 듯 안 보는 듯 나를 훑어보다가 눈이 마주치면 황급히 시선을 거두었다. 나를 아는 사람은 아무도 없었고, 나를 제외하고는 서로서로 아는 사이인 것만 같았다. 앉는 곳과 서는 곳의 경계를 찾을 수 없게 무너져 내린 노천극장 흙계단은 끝없는 늪이었다. 넘어져 죽거나 다쳐도 아무도 나를 찾지 않으면 어떡하나. 목발과 등산화가 흙계단을 무너뜨리며 자꾸 미끄러졌다. 손과 팔에 잔뜩 힘이 들어갔다.

오전 10시 43분, 입학식이 끝났다. 부산 집에서 피난 오듯 와서 시작한 서울 생활이건만, 입학식은 너무 싱겁게 끝났다. 한편으로는 놀이기구에서 내리는 기분으로 안심이 되었다.

이제 첫 수업을 들으러 가야 하는데 강의실이 어느

건물에 있는지조차 정확히 모른다. 노천극장 앞에서 북적이는 사람들을 피해, 꽃다발들을 피해 건물 표지판을 한참 들여다보고 있었다. 갑자기 하얀 바지를 입은 남학생이 문과대를 찾느냐고 내게 말을 걸어 왔다. 그는 손가락으로 반대편 높은 언덕에 있는 회색 건물을 가리켰다. 면접을 보러 갔던 건물이었다. 분명히 그때 확인했을 텐데 기억이 없다. 인사할 사이도 없이 그는 씩씩하게 앞으로 걸어가면서 뒤돌아보고 말했다. "나는 경영학과야."

어떻게 내가 문과대를 찾는다는 것을 알았을까? 어떻게 자신의 학과를 내가 궁금해하는 것을 알았을까? 그렇게 입학 동기와 최초로 인사를 나누었다.

학생들이 무리 지어 학과 학생회 깃발을 따라 이동한다. 문과대 깃발이 멀리 보였지만 나를 향해 펄럭이는 깃발은 없었다. 나의 학과 깃발은 저어쪽 멀리 있다. 말글이라고 적힌 저 깃발을 따라가야 하는데. 작은 해일처럼 용솟음치는 신입생 인파를 목발로 뚫고 나아갈 수가 없다.

말글이 깃발과 한참 떨어져서 첫 수업이 열리는 강의실에 도착했다. 먼저 가 버린 깃발 무리에게 들키지 않았다. 내 주위에 사람들은 없었다. 다행히 건물 1층 로비의 바로 오른쪽에 있는 강의실이고, 문도 활짝 열려 있었다.

강의실 밖으로 나가기 쉬운 맨 앞쪽 끝자리 세 번째 줄에 앉았다. 그 줄에는 다른 학생들이 앉지 않았다. 목발은 바닥에 누였다. 일체형 책걸상에 숨겨져 있는 책상 선반을 끄집어내는 일도 쉽지 않았다. 대입 전형이 남들보다 늦어짐에 따라 모든 일정이 뒤처졌는데, 수강 신청도 그중 하나였다. 다른 신입생들이 수강 신청을 모두 마친 터라 나는 복학생 신청 기간에 해야 했다. 교직원이 추천해 주는 대로 얼기설기 수강 계획을 짰다. 전공 수업은 보조개 선배가 조금 도와주긴 했으나 그도 1학년 수업은 잘 알지 못했다.

드디어 아는 사람이 휘리릭 구르며 들어온다. 설익은 햇살 아래 같이 기다리며 면접을 본 동기였다. 유일하게 이 학교에서 이름을 아는 동기였다. 그런데 강의실 책걸상은 움직일 수 없게 바닥에 볼트로 단단히 고정되어 있고, 그의 바퀴는 책상 사이로 들어올 수 없다. 별수 없이 그는 강의실 맨 앞으로 가서 자리를 잡는다. 책상은커녕 가방 놓을 의자도 없었다. 동기 녀석의 도드라진 등장에 사람들 눈동자가 엄청 긴장한다. 자기들끼리 소곤소곤하더니, 그만 나도 그들에게 발각되었다.

나까지 발견하자 소근거림은 곧 수군수군이 되고 소리는 웅성웅성 커진다.

바로 그때 창호 바람에 호롱불 꺼지듯 사위가 조용해진다. 노신사 교수님이 꺼벙하게 뿔테 안경에 파이프 담배를 물고 들어오신다. 1학년 수업 첫날이니 직접 출석을 부르겠노라며 한 명 한 명 이름을 부른다. 출석부 이름은 예순 번째를 넘어가는데 내 이름은 불리지 않는다. 공포 영화를 보는 것 같다. 입학이 취소되어 버린 것인가? 예순한 번째 학생은 일본인 이름이었다. 결국 나는 잘렸나? 생각하는 찰나, 휠체어로 잘 굴러 들어온 그 녀석이 예순두 번째로 불렸다. 그렇다면? 예순세 번째로 내 이름이 아득히 들린다.

겨우 대답하니 그 순간 몇몇이 고개를 돌린다. "형수가 벌써 복학했나?" 교수님의 질문이었다. 일제히 사람들의 시선이 나에게 모아졌다. 오늘이 첫 수업인데 저 교수님이 나를 벌써 아시는 건가? 복학이라니, 휴학한 적도 없는데. 복학생들과 같이 수강 신청을 해서 그런 건가? 나는 아무 대답도 할 수 없었다. 나중에 알고 보니 지난 학기를 마치자마자 입대한 93학번 선배의 이름이 나와 같았다. 아무도 교수님의 질문에 답하지 않았다. 나는 그저 내 이름이 출석부에 있어 안도할 뿐이었다. 출석부 맨 마지막에 아슬아슬하게 매달려 있는 내 학번. 내가 입학했음을 유일하게 표현하는 숫자들.

나는 95학번 국문과 신입생 중 실제로 가장 늦게 등록된 학생이었다. 출석부에 내 이름은 손글씨로 기입되어 있었다. 첫날임에도 전공 수업은 두 시간 넘게 진행되었고, 무엇이 무엇인지 하나도 떠오르지 않는, 마치 해부학 수업을 듣는 것 같았다. 등은 이미 축축해져 오한이 들었다.

교수님이 수업을 파하고 나가셨다. 학생들이 움직이지 않는다. 아무도 나가지 않는다. 이다음에 무엇이 있는가 불안하여 나는 두리번거리다가 일어났다. 어렵사리 책상을 접어 넣는다. 얼굴 아는 저 친구를 따라가야겠다. 인조 가죽을 잔뜩 붙여 놓은 강의실 문은 무척 무거워 보인다. 어서 내 몸을 먼저 저기에 갖다 놔야 한다. 그때, 가만히 있던 학생들이 내 주위에 여울목 물결처럼 모여든다. 전공 강의실에 모인 95학번 신입생들이 목발을 손에 쥔 나를 다시 가까운 의자에 주저앉힌다.

심문 수사하듯 숨 가쁜 질문들이 귓가에 날아든다. 아니, 그 아이들이 나에게 인사하기 시작한다. 그 친구들의 자기소개가 소나기처럼 쏟아진다. 누가 던진 질문인지 얼굴을 쳐다볼 틈도, 대답할 쉼도 없이 나에게 다가오며 자기 이름을 읊었다. 제일 먼저 내 귀에 안긴 이름은 '효진'이었다. 내가 자기 이름을 외우는지 몇 번이나 확인했다. 왜 신입생 수련회에서는 만나지 못했는지, 왜 자기들은 나를 처음 보는지 여럿이 여러 번을 묻다가 나에게 미안하다고도 하고 화까지 내는 이들도 있다. 도대체 뭐가 미안하고 왜 화를 내는 거지? 시끌벅적 왈탕발탕 환영 인사였다.

　이리 많은 동급생들이 강바닥 구멍에 물 빠지듯 나에게 몰려온 적은 없었다. 너무 촘촘히 에워싸니 서울 추위는 어디로 갔는지 주변 공기까지 후끈하다. 달려든 동기들 발아래에서 목발이 지근지근 밟혀도 뽑아 세울 사이가 없다. 맨 앞에 자리 잡은 무거운 휠체어는 금방 헹가래라도 받을 기세다.

　내가 일어서니 육중한 강의실 문이 열린다. 임금님 행차하듯 예닐곱 친구들이 양옆에서 활짝 열어젖힌다. 누가 내 앞길을 트며 이곳은 문과대학 안터라 하고, 또 누군가는 내 앞에 바짝 얼굴을 내밀며 이 건물이 최현배기념관이라 알려 준다. 어떤 이는 내 등 뒤의 가방을 손에 받치며 저기가 종합관이라 설명한다. 도대체 '안터'는 무슨 뜻일까? 엄청 궁금했지만 친구들의 웃음 사이로 내 질문이 끼어들 틈이 없었다. 여기 건물과 저기 건물 사이 틈에 낀 과방은 담배 연기 자욱한 너구리굴 같았다. 바로 맞은편에는 철학과, 바로 옆에는 사회학과 과방이 있었다.

조금 있으니 다른 곳에서 수업을 듣던 1학년들까지 벌집에 일벌 모이듯 과방으로 밀려온다. 무한 반복 자기소개가 시작되었다. 과방은 애초에 스프링이 있었는지조차 모를 주저앉은 소파가 하나 있는 좁고 너저분한 공간이다. 그 과방에서 나와 면접 동기를 둘러싸고 사람들이 줄을 지었다. 도대체 어디서 뭘 하다가 왔길래 우리는 너희를 이제야 만나는 것이냐며 또 역정을 낸다. 내 동선을 자기들끼리 탐문한다. 사람들이 모여 있으니 안경에는 김이 서린다.

한 친구가 신입생에게 나눠 준 학생 수첩을 꺼내라 한다. 학생 수첩이라니, 구경조차 못 했다 했다. 그이의 눈동자가 안경 밖으로 나올 만큼 커진다. 그이는 본인 학생 수첩에 자신의 이름과 삐삐번호를 적어서 나에게 내민다. 동기들 연락처까지 꼭 기억해야 한다고 빼곡 적는다. 다음 강의 시간이 되자 서해 썰물 빠지듯 동급생들이 과방을 나간다.

나도 따라가려다가 뒤이어 몰아쳐 들어오는 2학년 선배들에게 밀려 그만 갇혀 버린다. '우리 소식' 들었다며 학생회를 부른다고 한다. 우리가 이 사람들에게 무슨 소식인가? 학생회 사람들은 또 누구인가? 개강 첫날, 수업은 더 이상 들어갈 수가 없었다. 수업을 가려 하니 인사하겠다고 나를 가로막는다. 아직 수강 신청 변경 기간이니 괜찮단다. 어디서 덩치 큰 시커먼 사람이 들어와 내 시간표를 쓱 보더니 1학년들과 같이 수업을 들을 수 있도록 수강 신청을 다시 해 주겠다면서, 내 학번을 확인하더니 지하 1층 전산실로 내려간다.

내 행적을 두고 청문회라도 열겠다는 기세이다. 문과대 부학생회장도 과방에 왔다. 내 어머니와 동래여고 동문이라는 그이는 내 행적을 꼬치꼬치 캐묻는다. 내 어머니 이름 순희처럼, 본인 이름도 국어 교과서에 자주 나오는 영희라고 했다. 이따 저녁에 신촌에서 또 보잔다. 저녁 6시 이후, 동기들과 선배들이 새내기 환영회를 다시 연다고 '오늘의 책' 앞에서 만나자 했다. '오늘의 책'은 또 어디 박혀 있는 대학 건물인가?

기껏 하루인데 엄청 귀에 박힌 건물 이름, 종합관에서 멀리 63빌딩 너머 뉘엿뉘엿 해넘이 노을이 보일 때쯤 과방에서 해방됐다. 얇은 합판 하나로 구분된 과방들 사이로 이름 모를 노래들이 뒤죽박죽 들린다. 그 뒤죽박죽 소리들이 지금도 실시간 귓가에 메아리친다.

안터는 건물 1층 로비를 가리키는 말글이, 즉 국문과 학생들의 표현이었다. 과방에서 안터까지 내려오는데 목발 짚을 자리가 없다. 동기들과 선배들이 마치 경호하듯 앞뒤로 빽빽하다. 동기들은 반쯤은 반가운 듯 또 반쯤은 어찌할 바를 모르는 표정이었다. 선배들은 몹시 미안한 듯, 불안한 듯 나를 둘러쌌다.

안터에도 몇몇 사람들이 무리 지어서 나와 인사 나누기를 기다리고 있었다. 나는 너무 배가 고팠다. 사람들이 내 등 뒤에 바싹 붙어 어디로 가야 한다고 하고 있으니, 허기 져서 걸을 힘이 없다고 외칠 수도 없었다. 그날 아침까지 서울에 아는 이 하나 없었는데, 해질녘이 되어서는 새털구름처럼 사람들을 몰고 학교를 내려가고 있었다. 몇 명은 멀찍이 앞서간다. 몇몇은 나와 팔짱이라도 할 듯 옆을 따라 걷는다. 사람들 사이에 목발이 걸리지 않도록 쉴 틈 없이 길바닥에 집중해야 했다.

학교 정문을 나서자 오른쪽에 넓은 벽이 보이고, 귀여운 손글씨로 왕자보가 하나 붙어 있다.

"새내기 큰 배움터를 마치고 온 신입생 여러분, 환영합니다."

그제야 오늘의 상황을 이해할 수 있었다. 내가 국제학사에 도착한 첫날은 어둑한 새벽이었다. 게다가 사람들의 왕래가 드문 동문에 자리하고 있어서 손글씨 대자보는커녕 새내기 한 명 볼 수 없었다. 내가 뒤늦게 합격증을 받고 등록하는 사이, 1995년도에 입학한 다른 새내기들은 벌써 학생회에서 진행한 신입생 적응 행사와 환영회를 치르고 있었다. 모두 새터, 즉 신입생 오리엔테이션에서 이미 인사를 나누고, 이 대학 응원가를 다 함께 외우고 율동까지 익혔다.

정문 앞 횡단보도는 장대했다. 파란 신호등은 짧았다. 당연하게 빵빵거리는 차들 사이에서 목발로 넙죽넙죽 그네 뛰어 따라오는 사람들을 따돌렸다. 정작 어디로 가야 하는지는 몰랐다. 학교에서 신촌 지하철역으로 향하는 길에서 두 번째 골목 어귀, 서점이 불을 밝히고 있었다. 간판을 보니 '오늘의 책'이었다. 서점 입구 왼쪽에는 붙임종이들, 메모지들, 찢긴 학생 수첩 속지들이 다닥다닥 너저분하게 붙어 있다. 거기에는 각종 모임이 있는 술집과 사람들의 이름이 적혀 있다. 앞서던 동기가 포개진 종이 몇 장을 이리저리 뒤적인다. 그리고 무슨무슨 환영회라고 갈겨 쓴 메모를 국문과 모임들이 적힌 종이들 맨 위에 붙었다.

대학생이 된 뒤로 처음 간 술집이었다. 과방에서 이뤄졌던 인사와 소개가 영화「고래 사냥」의 한 장면처럼 되풀이되었다. 나도 좀 익숙해졌다. 3학년, 4학년, 대학원생들까지 와서 소개를 하고 소개를 받았다. 오전 첫 강의에서 휠체어를 타고 위엄 있게 등장했던 면접 동기는 그 환영회에 오지 않았다. 기껏해야 1층에 있는 식당이었는데 그의 바퀴는 들어오지 않았다. 나중에는 지하 1층 어두침침한 술집에 갔다. 그렇게 내 소개를 해도 사람들은 내가 계단을 내려갈 때마다 움찔움찔 머뭇머뭇 따라다녔다. 언제라도 계단을 구를 것 같은지 나를 위태위태하게 앞뒤로 호위했다.

　　민중가요가 담배 연기처럼 고여서 내려앉아 귓불에서 사라지지 않는 지하 민속주점에서 손잡이도 없는 계단을 오른다. 1킬로미터 이상 떨어진 기숙사로 출발하려 손목에 잔뜩 열량을 모으면 어느새 선배 한두 명이 형사들처럼 꼭 뒤에 옆에 대각선으로 붙었다. 나는 몇 번이나 혼자 가겠다고 했지만 한 달 넘게 사람들의 동행은 계속되었다. 1995년 1학기 동안 기숙사에 들어가 잔 날은 한 달이 채 안 될 정도였다. 학교 근처에서 자취하거나 하숙하는 친구들이 한 번씩은 다 나를 재워 주었다. 굳이 힘들게 기숙사까지 올라가지 말라는 것이었다.

　　무엇에든지 굶주렸던 나의 재수 생활은 끝났다. 재

수는 인생에 딱 한 번뿐이니 경험하는 것도 나쁘지 않다던 이순희 씨 말씀이 있었다. 1995년 3월 2일 그날이 오늘, 태양처럼 있으라.

전화 카드 한 장

¶

1995년 3월 25일 토요일 아침 9시 과방. 단발머리에 안경을 쓴 3학년 선배가 만나자 약속을 잡았다. 무슨 일인지 말하지 않았다. 신입생을 위한 중요한 일이라고만 했다. 나 말고 다른 동기들은 부르지 않았다. 뒤풀이에서 자주 본 적이 없는 선배였다. 인사만 했을 뿐 말문을 튼 기억조차 없다.

동쪽 기숙사에서 과방까지 제시간에 도착하려면 7시에 일어나야 했다. 끙끙 학질이라도 앓듯이 혼자 옷을 챙겨 입으려면 30분은 족히 걸렸다. 머리는 언제라도 바로 군대에 갈 수 있을 만큼 짧았다. 머리 감는 시간도 아까웠다.

나를 부른 선배는 이미 과방에 도착해서 기다리고 있었다. 선배가 알려 준 그날의 일정은 학과 전체 모꼬지의 사전 답사를 가는 것이었다. 신입생이 따라갈 필요가 없는데도 일부러 나를 따로 부른 이유는 남들이 다녀온 신입생 수련회를 못 갔다 와서였다.

서울에 온 지 한 달 만에 버스를 타고 학교 주변을 벗어나는 날이었다. 신발 끈을 바투 두 번 묶고 손목에 힘을 주었다. 행여라도 넘어지고 싶지 않았다. 학교 정문을 향해 내려가는데 그 큰길에 좌판을 펴고 장사하시는 어른들이 많았다. 이제껏 주말이면 한적했던 학교 분위기와는 뭔가 달랐다.

선배를 따라 학생회관까지 내려왔다. 아직 9시도 되지 않았다. 다른 곳은 문을 열지 않았지만 중앙 현관 아래의 식당으로는 학생들이 총총 들어가고 있었다. 메뉴는 하나밖에 없었다. 안경 선배가 콩나물국밥을 사준다. 내 몫의 식판까지 드느라 두 번을 왔다 갔다 한다. 몽글몽글 제대로 김이 나는 진짜 밥이었다.

아까 과방에서 내려올 때부터 정문 쪽에 학생들이 모여 학교 밖으로 나가지 못하고 있었다. 무언가 시커먼 벽에 막혀 있었다. 밥을 다 먹고 나왔을 때도 벽은 그대로였다. 그 전에 드나들 때는 보지 못한 벽이었다. 우리도 그 앞에 도착했다. 그것은 벽이 아니었다. 전투경찰이었다. 소금에 절인 풀같이 힘 빠진 녹색 전투복을 입은 사람들이 내 가슴까지 올라오는 시커먼 방패로

벽을 세웠다. 옆구리에 곤봉을 끼고 학생들 가방을 일일이 우악스레 뒤졌다. 대부분의 학생들은 교문 밖으로 나가지 못했다.

　선배가 나의 앞에 선다. 철모로 표정을 가린 검은 벽이 우리에게 어디 가는지 묻는다. 선배가 벽을 향해 행선지를 말하는 듯했다. 벽은 열리지 않았다. 결국 선배의 어깨가방 안까지 죄다 보여 주었다. 그 벽들은 나에게는 그쪽으로 오라는 거만한 손짓도, 검문도, 가방 검사도 하지 않았다. 그게 더 화가 났다. 내 목발도 정문을 지나지는 못했다.

　안경 선배는 왔던 길로 돌아서며 씩씩거리는 나에게 따라오라는 손짓을 했다. 내가 목발을 되돌리지 않자 내 눈을 보며 학교 안으로 들어가자고 소곤거렸다. 우리는 왔던 길을 되짚어 올라갔다. 학생회관 위쪽에는 어느새 사진과 손으로 쓴 대자보들이 붙어 있었다. 다른 학교 학생들이 여기저기 뭉쳐 있었다. 그들은 옷가지를 찢어서 얼굴을 감쌌다.

　노천극장으로 향하는 길에 흑백 사진이 담긴 포스터 하나가 눈에 들어왔다.

　'장애인 노점상 최정환 열사 빈민장'

　그날은 바로 영결식과 노제가 열리는 날이었고, 오

전 10시부터 학교에서 거리로 나가려던 참이었다. 안경 선배는 여전히 아무 말이 없었다. 우리는 노천극장에 도착했다. 무대 주변에 사람들이 모여 있었고 우리도 다가갔다. 과방에서 수강 신청을 다시 해 주겠다고 전산실로 내려갔던 까무잡잡한 선배가 흰 마스크로 입을 가리고 있었다. 손가락 사이에는 연기가 피어오르는 담배가 여러 개비 들려 있었다. 안경 선배가 노란 고무줄로 단발머리를 묶어 올리더니 말했다.

"바람의 방향이 바뀌었다. 일단 세브란스로 가자."

정문 쪽에서 연달아 폭죽 터지는 소리가 났다. 대포 쏘는 듯한 폭발 소리도 있었다. 희뿌연 연기가 학교 안쪽으로 불어닥쳤다. 사람들이 모두 혼비백산 뛰기 시작했다. 뛰어가는 물결에 가세해 넘어지면 너무 위험했다. 우리는 대포 소리가 들리는 쪽으로 뛰었다. 학생회관 앞에서 중앙도서관 잔디밭까지 하이얀 연기 덩어리가 포탄처럼 날라왔다. 눈물이 터지고 콧물이 줄줄 흘렀다. 처음 맞은 최루탄이었다. 담배를 피우지 않는 선배는 어디서 구했는지 대여섯 개비를 깊이 들숨하더니 내 얼굴을 부여잡고 눈에다 연기를 후후 불었다. 조금이나마 숨이 쉬어졌다. 인공호흡처럼 몇 번 반복하는 사이 담배 연기는 동났다. 숨은 가쁘고 얼굴은 눈물 콧물 범벅이었다. 정문 쪽으로 뛰어가던 또 다른 선배들이 내 앞에 주저앉아 담배 연기를 한참 불어 주고는 이내 사라졌다.

우리를 막았던 전경들이 방패와 곤봉을 들고 뛰어다녔다. 잔디밭에는 얼굴 가린 학생들이 하얀 철모에 청바지 입은 전경에 둘러 갇혔다. 나무 아래, 그 까무잡잡한 선배가 이마와 얼굴에 검붉은 피를 흘리고 있었다. 턱에 걸친 하얀색 마스크가 온통 피로 물들었다.

한꺼번에 발을 구르는 소리가 들려왔다. 밀려드는 파도처럼 사람들이 내 앞에서 도망가기 시작했다. 얼굴을 두건으로 두른 장정 둘이 내 곁을 지나쳤다가 다시 내게 돌아온다. 쌀가마 들듯 나를 번쩍 들어 어깨에 메고 세브란스 응급실로 뛰었다. 안경 선배도 내 목발을 어깨에 걸치고 번개처럼 달린다. 간호사는 응급실 안에서 우리를 보다가 묻지도 않고 문을 열어 준다. 병원 소독약 냄새보다 강한 최루탄 냄새가 온몸에서 진하게 올라왔다. 나를 보쌈하듯 응급실에 업고 온 사람들은 인사도 없이 황급히 사라졌다. 안경 선배는 최루탄 소리가 잠잠해질 때까지 말없이 목발을 어깨에 메고 있었다.

두어 시간 지났을까. 우리는 세브란스 병원 정문을 통해 밖으로 나왔다. 전경들이 헬멧을 벗고 지친 얼굴로 돌담에 기대앉아 있었다. 이번에도 우리는 방패에 막혔다. 어깨에 초록색 견장을 단 이가 나와 목발을 한번 쓱 쳐다보더니 앳된 전경에게 보내 주라 고갯짓을 했다.

우리는 신촌 버스 정류장에서 우이동까지 가는 8번 버스를 기다렸다. 선배 어깨에 멘 목발이 먼저 오르고, 나는 선배의 다른 쪽 어깨를 덥썩 짚고 버스에 오른다. 두 손이 자유로웠다. 버스 기둥을 잡자 버스가 낭창낭창 흔들리며 출발했다. 몇몇 승객이 우리 몸에 묻은 최루가스 때문인지 창밖에서 넘어오는 연기 때문인지 재채기를 하고 코를 훌쩍거렸다. 구부정한 다리로 버스 기둥에 매달려 가는데 아무도 나를 쳐다보지도, 자리를 양보해 주지도 않았다. 그게 너무 좋았다. 곁에 선 선배 머리 뒤에 고무줄에 잡혀 뜯긴 머리카락이 보였다. 버스 라디오에서는 일부 과격한 대학생들이 도로를 불법 점거해 길이 막힌다는 뉴스가 30분마다 나왔다.

모꼬지 사전 답사를 마치고 돌아오니 학교는 난장판이었다. 화염병으로 만들어 던진 소주병 조각이 널브러져 있었고, 희뿌옇고 매캐한 최루가스 냄새가 떠돌았다. 여기저기 불에 그을린 모습도 보였다.

대자보를 읽어 보니 장애인 노점상 최정환 씨가 노

점상 단속에 항의해 분신, 3월 21일 끝내 숨졌다고 했다. 25일에 연세대에서 그를 기리는 영결식이 열릴 계획이었으나, 그날 새벽 병원에 안치되었던 그의 시신이 경찰에 탈취당했다. 울분 뻗친 손글씨로 쓴 격문이 학생회관 기둥에 붙어 있었다. 이날 시위에서 경찰서로 연행된 학생들의 이름도 적혀 있었는데, 아는 사람 한두 명이 보였고 동기들 이름은 없었다.

그날 백양로에 쓰러졌던 선배는 얼마 뒤 손에 잔뜩 붕대를 감고 과방에 나타났다. 점심을 산다며 학교에서 유일하게 봉지 라면을 끓여 주는 청경관에 갔다. 그는 다친 손으로 나의 것까지 한꺼번에 식판 두 개를 들었다. 라면 김 너머로 보이는 그의 얼굴이 더욱 까맸다.

중앙 도서관에 붉은 매화와 하이얀 목련이 피고 졌다. 용재관 앞 발그레한 진달래가 그 뒤를 따르고, 본관 앞 흐드러지게 핀 벚꽃이 사그라들면 어느새 중간고사가 끝났다.

전공 교수들도 오시는 전체 학과 모꼬지가 열렸다. 저녁에 삐쩍 마른 교수 한 분이 오셔서 연신 담배를 피우며 농담을 나누셨다. 나에 대해 아무것도 묻지 않고 아무 걱정도 하지 않았다. 단지 자기 수업을 꼭 들으라고 했다. 학생들에게 담뱃불을 붙여 주고 맞담배를 피우셨다. 그는 마지막까지 남아 학생들과 캠프파이어도 했다. 소설을 썼다가 감옥에 갔다 온 일로 뉴스에 자주 나왔던 교수였다.

1박 2일 모꼬지가 끝났다. 모두 함께 우르르 갈 때와 다르게 돌아오는 길은 다들 뿔뿔이 집으로 흩어졌다. 혼자서 학교 기숙사로 돌아가려니 끈 없는 번지점프를 하는 기분이다. 머릿속에서 기숙사 가는 길을 짚어 본다. 신촌 지하철역에서 버스를 내린다, 학교 정문에서 한참 걸어 구름다리가 보이는 곳까지 간다, 그쯤에서 잠시 다리쉼을 하고 다른 대학 후문이 보일 때까지 다시 걷는다. 그런데 다행히 동갑내기 94학번 선배가 함께 버스에 올랐다.

버스를 타고 돌아오는 길, 부슬부슬 봄비가 왔다. 서울의 봄비는 목덜미에 찬 서리처럼 내렸다. 앞이 보이지 않을 만큼 안개가 자욱했다. 길은 줄곧 깨진 유리 조각처럼 미끄러웠다. 버스에서 내릴 때 선배가 같이 가겠다니 작업이 쉬웠다. 어디서, 어떻게, 짐을, 목발을 손에 들고 하차할지 계획 짜고 작전을 고민할 것이 없었다.

선배 얼굴은 분명하게 각인되지 않았다. 파란색인지 검은색인지, 금속인지 플라스틱인지 모를 안경 없은

콧등만 보였다. 그저 이름만 알 만큼 조금 말을 텄을 뿐이었다. 그이의 목소리는 대사 없는 연극 지문처럼 어렴풋했다. 어디서 내리느냐는 그이 목소리는 특이한 저음에 또박또박 느릿느릿 꾹꾹 눌러 쓴 편지를 읽는 것 같았다. 갓 만든 사기그릇을 쇠젓가락으로 때리는 것처럼 청아했다. 가끔 한쪽 보조개만 얼굴 전체로 보일 만큼 웃을 때도 그이 눈빛은 나에게 형형하고 엄한 얼굴로 다가왔다.

　　우리는 신촌 교차로에서 하차했다. 지하도를 건너느라 계단을 오르락내리락할 때마다 그이가 내 목발을 독립군 화승총 메듯 어깨에 걸었다. 다시금 내 손과 내 팔이 충분히 자유로웠다. 선배는 내가 지내는 기숙사 맞은편에 산다면서 금화터널 쪽으로 나와 함께 걸었다. 굳이 바래다준다거나 같이 가겠다는 말도 없었다. 그이는 그냥 조용히 걷기만 했다. 우산을 쓰지도 않았고 나에게 씌어 주지도 않았다. 우리는 우산이 없었다. 오히려 거칠 것이 없었다.

　　그이는 들은 적 없는 낯선 노래들을 읊조리듯 들려준다. 그이 어깨에 걸린 가방까지 비에 젖었다. 젖은 손가락이 아렸지만 가던 길을 멈출 수 없었다. 그이 노래가 끊어진 테이프처럼 뚝 끝날 것 같았다. 등산화 신은 발도 축축하게 젖었다. 선배도 추운지 어떤지는 알 수 없었다.

　작은 노랫소리는 나를 앞서지도, 뒤처지지도 않았다. 내 옆으로 산책하듯이 비스듬히 어깨 위로 머무른다. 나란히 걷지는 않아도 내 귀에서 나란히 들린다. 선배는 사람들 많은 큰길을 피해 골목골목 질러가는 사잇길로 나를 이끌었다. 처음 밟는 길에 들어서면 숨겨진 보물 지도 이야기하듯 나에게 소곤거려 주었다. 노래는 새로운 골목길 어귀마다 잠시 끊기었다가 다른 노래로 이어졌다. 한 시간을 걸었을까? 두 시간을 걸었을까? 선배 작은 안경에 온통 이슬이 맺혀서 눈동자도 잘 보이지 않았다. 표정은 알 수 없고 노래만 나지막했다.

　유일하게 아는 길, 대학교 동문이 가까웠다. 긴 언덕길 입구에서 선배가 지름길을 알려 주었다. 대학 울타리가 시작되는 곳에서 선배가 쉬자고 했다. 갈랫길에 들어서서는 새로운 노래를 하나 부르기 시작했다. 선배는 버스 정류장에서 여기까지 팔짱을 끼고 나와 틈을 두고 마름모꼴로 걸어왔다. 혹시 팔로 내 목발을 치지 않기 위해서 일부러 그랬을까? 팔짱을 풀며 그이는 내게 노래 제목을 말했다. 처음 듣는 제목이었다. 낯선 것을 처음 보는 똥강아지 표정을 짓자 그이는 망울망울

안경 너머로 미소를 지었다.

　　선배는 기숙사로 들어가려는 나를 불러 세웠다. 그러고는 자기가 쓰던, 절반가량 잔액이 남은 전화카드 한 장을 건넸다. 나에게 자주 전화하라 했다. 스무 살 나에게 먼저 전화하라고 한 사람은 그이가 처음이었다. 그때 불러 준 노래는「전화카드 한 장」이라는 민중가요였다.

아스피린을 삼키고

¶

서울시에서 경기도로 넘어갈 만큼 큰 대학도 있다지만, 이 학교도 제법 넓어서 정문은 신촌동이고 후문 격인 북문은 연희동이다. 기숙사에서 지름길을 따라 문과대를 거쳐 종합관으로 오르는 길은 무척 가팔랐다. 소나무 바람 소리 홀치는 청송대 오솔길에서 잠시 쉬어야했다.

외할머니가 국가유공자 유족 연금으로 내 주신 입학금과 등록금을 허투루 쓸 수 없었다. 동기들 중에는 여유 있게 15학점만 신청하거나 17학점을 듣겠다는 이들이 많았지만, 나는 덩치 큰 선배 만류에도 21학점을 꽉꽉 채워 신청했다. 그러니 아침 9시, 1교시 수업을 피할 수 없었다. 손목에 땀이 송글송글 맺혀 흘렀다. 이미한참 지각해 버린 시각이었다.

아침에 일어나 옷 입는 시간도 아껴야 했다. 옷은

거의 입은 채로 잤다. 물수건 세수도 했고, 머리는 군인 머리였다. 그런데도 제시간에 강의실에 도착하는 일은 매번 실패였다. 수업을 마치고 학교 밖 신촌에서 뒤풀이까지 한 뒤 다시 기숙사에 돌아오면 온몸에 해일 같은 통증이 밀려왔다. 특히 목발이 닿는 겨드랑 밑은 항상 쓰라렸다. 상처는 하루가 지나도 아물지 않았다. 그래도 아스피린 한 알 먹고 자면 근육들이 견뎌 주었다. 다음 날 다시금 학교 언덕으로, 신촌으로 거뜬히 나갈 수 있었다.

1년 넘게 골고다 언덕 같은 종합관 가는 길을 넘나들었다. 온몸에 근육통 몸살이 났다. 편도선이 띵띵 부어 어지러울 만큼 열이 올랐다. 교문 밖 약국까지 직접 가는 건 무리였다. 하얀 아반떼를 몰던 사회학과 친구가 집에서 생마늘을 가져왔다. 생마늘을 식빵에 넣어 씹었다. 다시 종합관에 올랐다.

과에서 하는 것은 수업을 제외하고는 무엇 하나 놓치고 싶지 않았다. 그러기에는 너무 억울하고 간절했다. 나는 구전되는 이야기를 찾는 고전문학반에 들어갔다. 해마다 연극을 올리는 국문과 안의 연극학회, 연극과인생에도 가입했다. 사회언어학을 공부하는 우리말부에도 들어가고 싶었다. 시를 짓는 사람들이 모이는 연세시학에는 절대 빠지지 않았다.

혼자서 기우뚱기우뚱 백양로 길을 등반해 강의실로 간다. 다른 학생들은 발자국도, 뒷자락도 없다. 누가 나를 부른다. 답인사라도 해야 하는데 고개를 돌리면 휘청 넘어질 것 같다. 뒤에서 과 동기 하나가 따라오더니 목발 쪽으로 바짝 다가선다. 종합관 3층의 강의실에 들어갈 때까지 그녀는 나를 앞질러 가지 않는다.

강의실에 앉아 뒤돌아보니 그녀가 훌쩍이고 있었다. 작은 안경에 눈물방울이 또르르 흘렀다. 무슨 실수라도 했을까 심장이 조마조마했다. 왜 우느냐 물었다. 종합관 언덕길을 오르는 내 뒷모습에 눈물이 났다 했다. 나는 걷고 있는 나의 뒷모습을 본 적이 없다.

대학을 졸업하고 몇 년 뒤, 그녀는 밥을 사며 청첩장을 건넸다. 결혼해서 외국으로 간다고 했다. 비싼 레스토랑에 가서 제복 입은 사람들이 날라다 주는 밥을 먹었다. 우리는 그저 웃으면서 오래된 전우처럼 밥을 먹었다. 지도에도 없는 보물섬을 찾는 동지 같았다. 일 분을 한 시간처럼, 한 시간을 하루처럼, 하루를 일 년처럼, 매일매일 네 박자 엇박자로 함께 걸어다닌 추억이었다.

1학년 1학기가 지났다. 대학의 첫 여름방학이 고

양이 걸음처럼 다가왔다. 기말고사가 끝나면 국제학사에 더는 머무를 수 없었다. 한국어학당이 방학으로 문을 닫는 동안 모두 기숙사를 나가야 했다. 다른 숙소를 구할 시간이 일주일 있었다. 기숙사 입소부터 모든 노하우를 전수했던 보조개 선배와 신촌 옥탑방살이를 도모했다. 그러나 옥탑으로 가는 계단은 대부분 가팔랐고, 집주인들은 내가 계단에서 구를 것이라며 일어난 적도 없는 일을 걱정부터 했다. 1995년 여름, 신촌은 나에게 응답하지 않았다.

비싼 원룸은 꿈도 꾸지 못했다. 아르바이트는 구하려는 시도조차 못했다. 고등학교 때 본 드라마 「우리들의 천국」에 나온 고학생처럼 학생회관 3층 동아리방에서 여름방학을 지내기로 했다. 대학 내 몇 안 되는 봉사동아리였는데, 다른 곳보다 훨씬 넓었다. 동아리방은 늘 오가는 사람들이 많은 총학생회실 바로 옆에 붙어 있었다.

할아버지 할머니를 인터뷰하는 문학 기행을 가는 오대산 등반도 동아리방에서 준비했다. 우리말부 치악산 여행도 여기가 시작점이었다. 연세시학의 남자들 여섯이 석모도 해넘이를 보러 간 것도 동아리방의 본드같이 달라붙는 소파에서 출발했다. 부산 가는 통일호는

방학이 끝나도록 타지 않았다. 오른발 엄지발가락이 해진 등산화 사이로 나올 때까지 전국을 다녔다. 목발 밑 생고무는 다 닳아 버렸다. 『보물섬』의 롱 존 실버 선장 의족처럼 오로지 뭉툭한 나무 끝으로만 목발질을 했다. 농활이란 것도 동아리방에서 출발해서 일주일 뒤 다시 동아리방으로 귀환했다.

온갖 땀 냄새, 화장품 냄새, 담배 냄새가 찌든 기다란 소파 뒤에 서울 살림살이를 쌓아 두었다. 낡은 갈색 소파에서 대학 첫 여름방학을 보냈다. 창문도 없어서 땀이 나면 소파 가죽에 온몸이 꾸덕꾸덕 달라붙었다. 학생회관 화장실에서 찬물 샤워를 하면 정말 추웠다. 화장실에서 옷을 갈아입을 방법이 없어서 옷을 입은 채 씻을 수밖에 없었다. 더위를 참기 힘들면 학생회관 뒤쪽의 교회, 루스채플에 걸린 큰 종 아래 화강석 바닥에서 잤다. 화강석은 새벽이 오면 단단한 한기를 뿜었다. 세브란스 인턴들이 병원으로 출근할 때쯤 일어났다. 모기가 몸에 수십 군데 흔적을 남겼다.

계절학기 수업이 끝나는 6시가 넘도록 동아리방 소파에 혼자 누워 있으면 선배들이 총학생회실로 불러 짜장면을 먹였다. 그날은 1995년 6월 29일이었다. 나보다 더 오래 집에 못 들어간 얼굴의 총학생회장이 나를 불렀다. 그날은 특별히 탕수육까지 시켜 주었다.

갑자기 YRC 동아리 선배가 아주 굳은 얼굴로 총학생회실로 뛰어들었다. 당시 총학생회실에만 텔레비전이 있었는데, 어서 뉴스 속보를 보라 했다. 더는 탕수육을 먹을 수 없었다. 뉴스가 나오는 내내 건축학을 전공한 그 선배는 울었다. 연신 미안하다, 미안하다 흐느꼈다. 서울 서초동 삼풍백화점이 힘없이 무너진 날이었다.

학교에서 먹고 자고 화장실에서 씻는 생활이 2주를 넘겼을 때였다. 처음 보는, 깔끔한 차림의 선배가 동아리방에 왔다. 그는 불쑥 자기 집으로 가자 했다. 옷방을 따로 둔 강남의 저택은 처음이었다. 갓 지은 밥에, 뜨거운 물 샤워를 했다. 그 형은 왜 동아리방에서 지내는지 묻지 않았다.

그다음에는 총학생회실에서 흐느껴 울던 선배가 자신의 하숙집에 가자 했다. 하숙집 주인 아주머니께 내 이야기를 해 두었다고 했다. 운동장 옆 작은 숲을 지나면 학군단이 나오고, 학군단을 지나면 검디검은 작은 쪽문이 있었다. 그 문을 지나 횡단보도 건너 골목으로 들어가 돌계단을 오르면 선배의 하숙집이었다.

나는 남은 방학을 그 집에서 하숙비 내지 않고 지냈다. 매일 차려 주시는 아침밥을 배부르게 먹을 수 있었다. 하숙집 전기밥솥은 비어 있는 적이 없었다. 탈구되어 한쪽으로 올라간 내 골반을 바로 잡아 줄 무거운 보조기가 마침내 부산 고향집에서 도착했다. 국제학사에서 지낼 때보다 걸어야 할 거리는 훨씬 늘어났지만, 골반과 다리를 감싼 보조기 덕분에 평지를 걷기는 더 쉬워졌다. 더 이상 900원짜리 참치캔을 딸 필요도 없었다.

　　이듬해 여름방학 1996년 8월 12일, 옆방 총학생회실이 몹시 소란스러웠다. 동아리방 밖에서는 사람들이 긴박하게 뛰어다녔다. 그 며칠 전, 동아리방 맞은편에 있는 총여학생회의 선배를 신촌역에서 마주친 일이 있다. 선배는 나에게 학교로 같이 가자 했다. 학교로 가는 길에는 엄청나게 많은 경찰들이 장벽처럼 길을 막고 있었다. 신촌역에서 학교까지 검문이 다섯 번 있었다. 아무도 우리를 잡지 않았다.

　　뜯겨 나간 정문으로는 들어갈 수 없었다. 우리는 돌아서 세브란스 병원으로 갔다. 암병동을 지나고 재활병동 안으로 갔다. 선배는 화장실 자판기 앞에 한참을 서 있다가 주변에 사람이 안 보이자 여자 화장실로 나를 데리고 갔다. 선배는 조용히 울며 자판기에서 하얀 무엇을 잔뜩 뽑았다. 무려 마흔다섯 개였다. 그것을 내 몸 구석구석 꼼꼼히 숨겨 튀어나오지 않게 압박 붕대로 감았다. 그러고는 내가 가 봤던 학교 제일 높은 곳, 종합관으로 배달을 부탁했다.

　종합관에는 학생들이 며칠째 갇혀 있었다. 학교 잔디밭 곳곳에 전투 경찰이 있었다. 그들은 목발을 저으며 널뛰듯 올라가는 나를 제지하지 않았다. 종합관에 가니 사물함을 뜯어 친 바리케이트 너머에서 여학생들이 나를 맞았다. 어떤 이가 내 몸에 묶었던 것 하나의 포장을 뜯어 피가 묻어난 내 겨드랑이 안쪽에 정성스레 감아 주었다. 그날 처음으로 생리대를 보았다.

　종합관을 내려올 때는 올라갈 때와 공기가 달랐다. 교정 위에 뜬 헬기에서 난사하는 최루액과 정면에서 날라오는 경찰들의 투석을 피해 정말 빨리 뛰어야 했다. 세브란스 쪽으로 어리벙벙 도망을 쳤다. 모든 병동 출입문이 잠겼다. 응급실은 예외다. 체포되지 않기 위해서 빨리 응급실을 찾아야 했다. 큰 길목은 죄다 서슬 퍼렇게 경찰들이 있었다. 그들이 잘 모르는 길로 가야 했다. 시위에 참여하려거든 절대 잡히지 않아야 한다는 것이 어머니의 말씀이었다.

　세브란스 응급실 가는 길은 국문과 원이 형이 훤했다. 형은 독일어 수업을 버거워하는 나를 자주 불렀다. 슬리퍼에 환자복을 입고 인문관 앞 나무 벤치에서 몇 시간이고 공짜로 독일어를 가르쳐 주었다. 다른 사람들이 형을 천재라고 했다. 그는 이상할 정도로 얼굴이 하얬다. 하얗다 못해 창백했다. 목소리는 자주 쉬고 갈라졌다. 자주 입원했다. 어디가 아파 세브란스에 다니느냐고 물어볼 때마다 옅게 웃으며 딴청으로 대답했다. 학생 할인을 받아 병원비가 싸다 했다.

　원이 형을 더 이상 만날 수 없었다. 필수 외국어로 신청한 독일어 수업이 미처 끝나기도 전에 형은 세상을 떴다. 함께 세브란스 검진 가자는 나와의 약속을 어겼다. 새들도 세상을 떠나는 것처럼, 세상을 떠나 버렸다. 이후 최루탄으로 앞이 흐려질 때마다 형의 새하얀 얼굴이 떠올랐다. 형은 나를 데리고 세브란스 응급실로 향하는 샛길을 여러 번 일러 주었다. 내 손과 팔이 기억할 정도였다. 24시간 문이 열려 있고 늘 불이 켜진 곳이 응급실이라 했다.

　생각할 틈도 없이 몸이 응급실로 가는 지름길로 향했다. 무슨 구실로 응급실에 들어갈까 궁리하는데 젊은 의사 한 명과 간호사 한 명이 미리 짠 한 팀처럼 응급실 문 앞에 있었다. 그들은 나를 발견하고 문을 열어 주었다. 곧바로 진찰하는 척, 약을 발라 주는 척을 했다. 체포하려는 형사들이 사라질 때까지 응급실 침대에 나를

뉘였다. 내게 조금만 가까이 다가와도 매운 최루 냄새
가 났을 터였다. 생리대가 단단히 받쳐 주어서 목발질
로 파인 생채기가 더 이상 덧나지 않았다. 몸에 감은 생
리대가 아스피린 두 알보다 효과가 있었다.

흰고래 같은 차를 타고

¶

정동진 간판이 자주 보인다. 동해 바다로 내달렸다.

서울에서 강의 장소까지 내비게이션은 처음에 2시
간 40분이라고 계산해 주었다. 막상 출발하니 3시간 반
으로 늘어났다. 막히는 시내로 들어서니 4시간이 찍힌
다. 도착 시간이 아슬아슬하다. 오늘의 수강자들은 조
직에서 팀장 이상을 맡고 있으니 조금이라도 늦으면 분
위기가 싸늘할 터이다. 그들을 설득하여 뭐라도 실천하
게 해야 한다. 먼저 도착해서 철거덕대며 서성거리기라
도 해야 한다.

양양까지 닿는 동서고속도로에 올라서니 마음이
급하다. 가속 페달에 얹은 오른발에 힘이 들어간다. 속
도계는 제한을 살짝살짝 넘다가 속도 바늘이 3시 방향
을 처음 찍어 본다. 금방 다시 제한 속도 안으로 움찔
들어온다. 주행 차선 따라 줄곧 가다가 앞차가 길을 막

으면 몇 번이나 왼쪽으로 추월한다. 지구 네 바퀴 거리를 운전하는 동안 한 번도 다다른 적 없는 속도다.

　운전대를 잡은 손과 팔 근육을 이완해야 한다. 힘을 빼야 한다. 지나치는 터널을 혼잣말로 세어 본다. 벌써 60개가 넘었다. 동서고속도로 들머리 '백두대간 인제터널'이 아가리를 쩌억 벌린다. 터널 길이는 국내 최장, 세계 11번째. 운전을 시작한 첫 1년 동안은 생각만큼 몸이 따르지 않았다. 반 리도 안 되는 서울 정릉터널에서도 브레이크에 얹은 왼발은 내 마음대로 조절이 되지 않았다. 장딴지는 강철처럼 꼿꼿해지고, 뒤차는 빵빵거린다. 식은땀이 흐르고 터널이 나를 잘근잘근 집어삼켜 영원히 갇힐 것 같았다. 3년 넘게 제한 속도 80 미만의 국도로만 다녔다. 오늘은 장장 몇십 리가 넘는 터널이 구렁이처럼 끊이지 않는다니.

　함박눈이 펑펑 와도 나는 당황하지 않았다. 큰비가 쏟아져 앞이 보이지 않아도 괜찮았다. 피하지도 않았다. 왼발 멈춤과 오른발 가속의 동시 양발 운전이라, 오른발로만 제어하는 다른 사람보다 덜 미끄러졌다. 경주용 자동차 선수 같았다. 눈길에서 내 자동차는 다른 차보다 덜 비틀거렸다. 하지만 고속도로와 터널은 이상하게 무서웠다. 웬만하면 가지 않으려 했다. 풍절음과 터

널의 컴컴함에 머리털이 곤두선다. 왼손에 진땀이 나
연신 바지에 문질러도 운전대를 놓칠 것 같다. 오른손
은 이미 피가 멈춘 듯 느낌이 없다. 허벅지는 석회화된
통나무처럼 강직이 온다. 9볼트 건전지에 감전된 듯 움
찔거린다.

　　강의 13분 전이다. 방역 마스크를 쓰고 강의실로
뛰어간다. 들어가며 앉아 있는 사람들을 얼른 훑는다.
졸린 듯 등 떠밀린 듯, 피곤하고 짜증스런 공기가 이미
두텁다. 무시해야 한다. 그 기세에 눌릴 수 없다. 신나
게 떠들어 그들을 몹시 불편하게 긴장시켜야 한다. 내
강의 주제는 원래 그렇다. 내 강의를 듣고 사람들이 기
뻐하고 즐거워하고 좋아한다면 그건 실패한 강의다.

　　이번 강의는 기숙사에서 같이 지냈던 후배가 갑작
스럽게 부탁한 것이다. 나보다 몇 살 많은 후배는 대학
다닐 때 한아름 생수통을 들숨 한 번에 우그러뜨렸다.
그는 유럽 2002킬로미터를 무동력 휠체어로 횡단했다.
코미디언으로 방송에 출연했고 대기업 이미지 광고에
도 나왔다. 돈이 없어 기차표도 살 수 없는 나를 자신의
차에 태워 부모님이 계시던 옥천까지 데려다주었다. 남
들 같은 다리가 없어도 너무나도 잘 구르는 사람, 박대
운이다.

처음 장거리 운전 연습을 할 때 터널 통과에 주의를 준 후배가 있었다. 손가락이 모두 있는 한 손만으로 완벽하게 주차하고 후진하던 소년 같은 후배였다. 그는 터널을 드나들 때 그 끝에서는 늘 속도를 줄이라 했다. 면허 딴 지 1년이 미처 지나지 않았을 때였다. 내가 사려는 차와 같은 차를 본인 보증으로 빌려와, 단박에 영동고속도로를 달려야 한다며 대관령 너머 속초 앞바다까지 내달리게 했다. 영국, 일본에 가면 기어 조작이 쉬워 운전을 더 잘할 거라 했다. 운전석이 반대니까.

2010년 3월만 해도 나는 운전면허조차 없었다. 온통 근육으로 휘적휘적 걸어 다녔다. 1980년대 내 어머니는 당시에는 드물었던 1종 수동기어 운전자였다. 내게도 운전면허 따라고 그토록 말씀하셨다. 고등학교 3년을 마치고도, 재수가 끝나도 나는 끝내 운전학원에 가지 못했다. 내 마음대로 조절할 수 없는 내 몸을 다 믿지 못했다.

부산에서 20년 남짓 살면서 버스를 탄 적이 거의 없다. 부산 버스 기사들은 언제나 심드렁했다. 해운대가 해외 유명한 해변처럼 화려해지고 부자들이 사는 신시가지로 바뀌었지만 버스는 여전했다. 아주 오랜만에 해운대 버스에 올랐을 때도 운행 시간 늦어진다고, 혼자 버스를 탔다고 짜증을 냈다. 1990년대에도 2010년대에도 그랬다. 같이 여름 휴가를 떠났던 이는 내 동행으로 인정받지도 못했다. 애인이 화를 내기도 전에 버스는 역정을 부리고는 나를 떨구고 떠났다.

　세상 구르는 모든 동(動)-테가, 구르는 것은 늘 이유가 있다 하셨다. 세상 밖 굴러 다니는 것들에 애정을 들이라 했다. 어머니는 자동차를 그리 부르셨다. 부산 우리 집 마지막 차는 88년형 감청색 현대 프레스토였다. 수동기어에 파워핸들도 아니었다. 굽은 길을 돌거나 주차하려면 온몸 근육으로 있는 힘을 다 쓰셔야 했다. 종일 생업으로 운전을 하시는 아버지가 내 등하굣길을 매일 책임지는 것도, 방과 후 매번 한두 시간씩 승차 거부 않는 택시를 기다리는 일도, 자가용을 가진 친척과 지인에게 나를 부탁하는 것도 어려운 일이었다. 그래서 어머니는 1종 운전면허를 따셨다. 1980년대 부산에서 매우 드문 여성 운전자가 되셨다.

　속도를 올릴 때마다 그 느낌을 익히기 위해 때때로 맨발로 운전하셨다. 길에서 다른 운전사에게 여자가 운전한다고 한참 욕을 듣기도 했다. 어머니는 운전을 잘하셨다. 날마다 학교로 나를 데리러 오셨다. 몇십 년 만에 만난 초등학교 동창들은 모두 어머니를 기억했다. 나는 대학 입학 이후에도 감히 운전 따위 하지 않겠다고, 목발이 부러지도록 걸어 다니겠다고 허세를 떨었다. 그렇게 내 몸에 대한 불신과 두려움을 감추었다.

"그 몸으로 할 수 있겠어요?"

아기뚱아기뚱거리며 걸어가면 날아드는 대사다. 영화 클리셰처럼 어김없이 반복되는 장면이다. 내 몸에 대한 의심과 불안은 오로지 나만이 품을 수 있다. 그런 재미없는 영화를 다시 상영할 수 없었다. 남들처럼 학원에 등록해서 면허라도 미리 얻어 두어야겠다고 결심했다.

2010년 5월 11일, 지금은 사라진 성산운전학원 접수처 앞에서 신파 가득한 영화 필름은 다시 돌아간다. 사람들이 애기살 쏘듯 내 목발과 몸을 이리저리 훑는다. 마침 방송국 피디 취업 준비하는 후배가 있었다. 1종 운전면허증이 필요했던 녀석을 꼬드겼다. 나 같은 손님 한 명은 거절하기 쉽지만 두 명을 한꺼번에 내치기는 쉽지 않다. 더구나 그녀는 목발조차 없다. 대신 누구라도 함부로 뭐라 할 수 없는 반짝반짝 큰 눈을 가졌다. 그 큰 눈으로 공포영화를 코미디로 바꾸어 버렸다. 나를 향한 질문에 배시시 딴청을 피운 것이다.

운전학원에서는 그 재미없는 시선과 대사가 몇 주

무한 반복되었다. 사람이 별로 없는 이른 아침에 가야 조금이나마 피할 수 있었다. 대학 언론사 기자였던 후배는 기사 마감이 닥쳤을 때마다 사흘 밤 외박한 몰골로 내 사무실에 왔다. 냉장고 묵은 음식을 모조리 꺼내 먹고 폭포수처럼 떠들며 다 소화시킨 뒤 돌아갔다. 사무실 앞에 세워 둔 전동스쿠터 늘어진 의자에 앉아서 눈 빨개지도록 울기도 했다. 연습하러 가기 싫어서 잠으로 잠으로 침잠하는 나를 눈이 큰 후배는 밖으로 끌어냈다.

　"오른손! 오른손으로만 기어를 넣으라고!"

　왼손잡이인 나를 서럽게 구박한 동년배 친구가 있다. 자욱한 밤안개를 헤치며 달리는 동안 기어봉으로 향하는 내 왼쪽 손목을 몇 번이고 막았다. 그녀는 사랑하는 사람을 태우려면 부드럽게 멈출 줄 알아야 한다고 단호히 말했다. 페달을 밟은 왼발이 힘 조절에 실패하면 차가 쿨럭거렸다. 그녀는 나지막한 목소리로 오싹하게 지도했다. 새벽 두세 시까지 자기의 값비싼 중형차를 내게 맡기고 성산운전학원 뒷길을 몇 번이고 오가게 했다. 도로를 외우고 또 외우고, 출발과 멈춤을 수십 번 밟아 발바닥이 기억하게 했다. 제대로 할 때까지 계속 "한번 더"를, "다시"를 내뱉을 뿐. 내 몸 고유의 경직이

반사적으로 도로 위험을 빠르게 회피할 수 있는 운동신경이 되어야 했다. 차 옆거울을 좌우로 번갈아 보는 훈련도 수백 번이었다. 뒷거울을 흘낏흘낏 보며 자연스레 힘을 빼고 운전대를 여유롭게 조작할 수 있어야 한다. 어느 순간에도 절대 내 근육들이 뻣뻣해지게 힘이 함부로 들어가면 안 된다. 30년 경직의 내 몸이 어느새 운전하는 감칠맛을 내기 시작했다.

나를 처음 만났을 때부터 지금까지 선생님이라 부르는 이가 있다. 그녀는 다리가 자주 붓는다. 오래 걷는 것을 못내 힘들어한다. 등산은 그야말로 질색이다. 다시 내려와야 하는데 왜 올라가느냐고 묻는다. 걸음걸음 헤쳐 가기에도 어려운 바람이 불던 어느 겨울날, 그이가 단호히 말했다.

"이제 선생님이 운전을 하면 좋겠어요."

나와 함께 길을 가면 만나는 희번덕거리는 시선들이 싫다 했다. 그녀를 만나기 전까지 어느 누구도 나에게 운전을 하라고 입 밖으로 강하게 요구하지 않았다. 그녀는 내 발걸음에 자신의 어깨를 맞춰 주는 일이 거의 없다. 굳이 팔짱을 걸고 함께 걷지도 않는다. 생마늘 내음 가득하게 땀을 흘리며 내가 '걷는 것'을 안타까워하지 않는다. 쇠맛 같은 땀을 같이 흘리지도 않는다.

그녀를 모시는 첫 제주도 여행이었다. 나는 출장을 핑계로 사흘 전 제주도에 먼저 왔다. 좌석이 높은 SUV를 빌렸다. 제주 일주도로가 다 나오는 지도를 구했다. 그녀가 섬에 오기 전에 서둘러야 했다. 제주도를 크게 세 바퀴 돌았다. 도로를 직접 눈으로 모조리 외우고, 몸이 스스로 운전하게 해야 했다. 뒤숭스러운 운전으로 한순간이나마 불안하게 할 수는 없다. 일주도로를 크게 반복해서 돌다가 해안도로가 보이면 진입해서 해변을 보고 나왔다. 제주도에서 어렵다는 길은 무조건 차를 끌고 가 봤다. 그녀에게 편안하게 바당 풍경을 보여 주고 싶었다. 한라산 아래에 작달비가 퍼부어도, 눈이 도로에 쌓여 있어도 그녀에게 안전한 운전을 자랑하고 싶었다.

　　자동차를 타고 가 바로 코앞에서 일출을 볼 수 있는 곳이 금오름이다. 그녀는 금오름 중턱 돌무더기에 날 앉힌다. 그러고는 언덕 너머 올라오는 붉은 아침 해를 맞이하러 혼자 가 버렸다. 뒷짐까지 지고 올라가서 시야에서 사라지고 만다. 뒤돌아보지도 않는다. 대충 둘러보고 서둘러 돌아오지도 않는다. 여러 각도로 찍은 일출 사진만 잔뜩 나에게 자랑하듯 보여 줄 뿐이다. 나와 깍지 손을 할 리는 더더욱 없다.

제주 오기 몇 해 전 5월 18일, 면허를 통과했다. 운전학원에 등록한 지 3개월 만에 희디흰 새 차를 인수했다. 내 생애 첫 차는 흰고래 같았다. 뒤에 짐 싣는 공간이 짧은 해치백 디자인 차량이었다. 이 흰고래가 두려움에 떠는 나를 끝까지 질주하게 만들기를 바랐다. 차를 구매하고 사흘 만에 서울 관악구에서 인천까지 그이의 출퇴근을 지원했다. 처음에는 출근 차량으로 밀리는 경인고속도로 3차로도 무서웠다. 1차로는 엄두도 못 냈다.

새 차 냄새가 채 빠지기 전, 울산 고모를 만나러 가는 아버지께 내 차를 내드렸다. 울산 고모는 내가 대학에 간 것을 마뜩잖게 여기셨다. 그래도 내가 합격한 것조차 의심했던 다른 친척들보다는 나았다. 말기 암 판정 후 연명치료를 거부하고 계시던 고모에게 아버지는 이 차가 작은아들 '형수 차'라고 자랑을 하셨다. 고모는 돌아가시기 며칠 전에 직접 나에게 전화를 하셨다. 당신의 마지막 자산 관리를 나에게 맡기셨다.

새 차에 모비딕이라는 이름을 붙여 주었다. 어떤 길을 가든, 어디를 굴러가든 든든히 나를 보호해 줄 것 같았다. 이미 어깻죽지 힘들게 걸었던 길도 새로 개척한 대항해 길이었다. 또다시 숨겨진 보물섬을 찾으러

갈 수 있었다.

　차량을 등록하러 종로구청에 갔다. 같은 대학 법학과 후배가 등록 부서에 있었다. 자동차 번호 네 자리는 선택할 수 있으니 원하는 숫자를 일러 달라 했다. 나는 숨도 쉬지 않고 1995, 1995를 외쳤다. 고민할 필요가 없었다. 그 숫자만 있으면 어떤 어려운 길도 헤쳐 가고, 어떤 위험한 사고도 다 피해갈 듯했다.

　모비딕을 이끌고 그해만큼 많은 사람을 만나고, 그해만큼 많은 곳을 여행 다니고, 그해만큼 벅찬 경험들을 만들기를 꿈꾸었다. 학교—집—병원으로 제한되었던 내 삶의 궤적이 달 착륙의 한 걸음처럼 서울 신촌살이로 크게 넓어졌다. 그게 1995년이었다. 더 이상 생마늘도 아스피린도 겨드랑이에 동여매는 생리대도 필요 없다. 마치 태양계를 떠나 새로운 항성계로 가는 보이저호처럼, 하루 400킬로미터 이상 이동이 가능한 '드라이빙 새내기'가 되었다. 큰 바다를 안전하게 바장이는, 잡히지 않는 흰고래가 되고 싶었다.

　1995년만 해도 차 인심이 꽤 후했다. 자동차를 얻어 타는 일은 산을 하나 넘어야 당도하는 기숙사 고갯길에서 많이 이루어졌다. 한 번 얻어 타면 전날 태워 준 사람이 등굣길에서 나를 기다리는 일도 많았다. 나를 기다린 이는 방금 훈련을 마치고 땀 내음 풍기며 비좁은 봉고차에 탄 키 큰 농구선수들이었다. 나를 발견하고 멈춘 것은 졸업시험으로 밤을 지새우는 4학년의 가난한 이륜차였다. 고갯길 초입부터 나를 보고 한참 망설이다 차창 너머 말을 건넨 것은 겉칠이 벗겨진 연식 오래된 경차들이었다. 버거운 등록금과 생업에 치이는, 논문과 A4지 가득 실은 대학원생들이었다. 그들이 내 청춘의 바다에서 등대가 되고 항해사 노릇을 해 주었다.

그 겨울 아무렇지 않게 운전을 요구했던 그이가 2020년, 나에게 운전 연수를 부탁했다. 새 차를 타고 인천공항 제2터미널을 왕복하며 나에게 운전 연수를 받았다. 모비딕보다 더 하얗고 더 멋진 새 차였다.

유니크하고 유일하다,
예술이다

¶

아직 국민학교라고 부르던 시절이다. 1985년까지 수위실에는 이또범 선생님이 근무하셨다. 길쭉한 키에 크고 주름진 보조개가 신기해 보였다. 수위실에서 점심도 직접 지어 드시고 숙직도 하셨다. 수위실 옆 커다란 느티나무 한 그루가 내리 가지로 학교 정문을 포옹했다. 둘레에는 나무 밑동 같은 큰 돌의자가 놓여 있었다. 나는 그 나무를 사랑했다. 느티나무는 그늘을 짓고 잔비를 막아 주었다. 나는 매일같이 돌의자에서 떨어지는 나뭇잎을 책갈피로 모았다. 어머니의 차 엔진 소리를 기다렸다. 한참을 혼자 있으면 가끔 이또범 선생님이 라면을 끓여 주셨다. 나무 난로 앞에 자리를 내어 주셨다. 차가운 가을비가 내리면 따뜻한 뒷방에서 몸을 녹일 수 있었다. 다른 아이들에게는 쉬이 드나듦을 허락하지 않았다. 나는 그분 이름을 직접 들은 몇 안 되는 학생이었다.

학교를 나가는 사람들은 모두 운명의 저승사자처럼 나와 마주쳐야 했다. 느티나무 아래로 언덕길을 내려오며 사람들은 작별 인사를 했다. 옆 반 담임 선생님도, 다른 선생님들도 죄다 나에게 퇴근 인사를 건넸다. 모두가 떠나도 수위실 앞 느티나무는 나를 떠나지 않았다. 나무 사이 햇살이 사라지고 나뭇잎이 웃지 않을 때도 있었다.

　　교문으로 오는 모든 차가 우리 집 차 같았다. 우리 집 차는 감청색 현대 프레스토였다. 번호판은 5992. 워낙 같은 모양 차들이 많아서 번호판을 꼭 확인해야 했다. 나는 5992 자동차 덕분에 누군가를 기다리는 힘을 크게 키울 수 있었다. 기다려도 기다려도 우리 집 차가 안 오면 이따금 다른 차들이 나를 데려다주었다. 내가 5학년이던 1986년, 우리 학교에는 비싸기로 이름난 현대자동차의 각진 그랜저가 여러 대 드나들었다. 운전기사가 모는 경우도 있었다. 덕분에 대우 로얄살롱슈퍼, 기아 콩코드 등등 1980년대 최고급 승용차를 여럿 타보았다. 특히 호리호리한 몸집에 키가 껑충 컸던 수현이가 나를 자주 태워 주었다.

　　동래초등학교 신입생 추첨을 하는 날에도 많은 아이들이 비싼 차를 타고 왔다. 예닐곱 명 중에 한 명만

선발되는 치열한 입학 경쟁이었다. 운동장에는 나를 알아보는 친구들도 꽤 있었다. 동래미술학원 원장실에서 내가 색칠공부를 하고 있을 때 다른 교실에서 율동을 배우던 친구들이었다. 누군가 나를 보고 반갑게 인사를 했다. 지윤이었다. 알사탕처럼 곱슬거리는 머리로 나에게 손을 흔들었다. 나는 여섯 명의 아이들과 함께 제비를 뽑았다. 나를 제외한 여섯 모두 울음을 터뜨리며 돌아갔다. 나만 합격 막대를 뽑았다. 나는 지윤이와 같은 반이 되었다. 6년 가운데 4년이나 같은 반이었다. 그 우연이 어리둥절했다.

동래초등학교는 학부모들이 영어 교사를 기간제로 고용할 수 있는 유명 사립학교였다. 영화 「사운드 오브 뮤직」에 나오는 노래 '에델바이스'를 영어로 배울 수 있었다. 집에서 가까운 공립학교에는 취학 통지서를 써먹지도 못했다. 나 같은 아이를 왜 자기네 학교에 입학시키려 하느냐고 우리 어머니에게 크게 타박을 놓았다. 어머니는 공립학교에 입학 서류를 내 보지도 못하고 돌아서야 했다. 그러고는 동래초등학교에 전화를 걸어 내가 입학할 수 있을지 문의했다. 전화를 받은 오승희 선생님은 왜 그런 걸 물어보느냐고 어머니에게 되물었다. 학교는 학생을 골라서 받지 않는다 말씀하셨다. 권청문 교장 선생님은 나만 합격 막대를 뽑을 수 있게 '조작'을 해 두셨다. 1학년 담임 김인선 선생님은 교과서에서만 배웠던 나를 직접 만날 수 있어 무척 반갑다 하셨다. 친구들이 너를 낯설어할 수도 있다고 귀띔하셨다. 나 같은 학생을 낯설어하고 싫어하는 학부모들이 드물지 않았다. 담임 선생님이 나를 반기고 함함하다 하시니 더는 아무도 말이 없었다.

학교 운동장, 구름이 양 떼처럼 하늘 들판을 달리다 궂은 날씨로 변했다. 어머니가 데리러 오는 시간이 늦을 때가 있었다. 김인선 선생님은 5시 반까지 교실에서 나와 함께 계시다가 어머니가 오시면 교실 문을 닫고 퇴근하셨다. 내가 화장실 갈 때는 따라오지 않으셨다. 학교 복도 끝 화장실까지 가는 길은 키 작은 내게는 십릿길 산등성이 같았다. 모두가 떠난 어두컴컴한 복도는 범이라도 내려올 것 같았다. 선생님은 바삐 채근하지 않으셨다. 기다리지도 않으셨다. 내가 오래 걸려 다녀와도 별말씀이 없으셨다. 어떻게든 혼자 해 보자 하셨다. 화장실은 은밀한 거니까. 그게 다였다. 나는 몇 번이나 옷에 실수를 했다. 수치스럽지 않았다. 나는 남들보다 한참 오래 걸리는 모든 시간이 좋았다.

2학년 체육 시간. 늘 하던 대로 교실에 남아 멀뚱

멀뚱 있었다. 너도 운동장에서 땀 흘리라며 화를 냈던 2학년 정명륜 선생님을 좋아했다. 체육 시간이나 소풍 날 혼자 서성이고 있으면 곁에 있어 주던 친구가 있다. 양익이였다.

1학년 담임 선생님이 3학년 담임으로 다시 오셨다. 2학년이 지나서도 나는 여전히 한글을 잘 쓰지 못했다. 3학년 국어책도 잘 읽지 못했다. 읽는 것과 쓰는 것을 도무지 같이 할 수가 없었다. 받아쓰기는 빵점투성이었다. 국어책 위에 습자지를 받치고 삐뚤빼뚤 글씨를 그린다. 바짝바짝 마른 엿가락마냥 고분고분하지 않은 오른손 글씨는 얇아서 주욱 찢긴 습자지보다 더 흐트러져 하나도 알아볼 수가 없었다. 김인선 선생님은 그 습자지를 하나하나 붙이고 한두 줄 남김말을 쓰셨다. 날마다 나에게 주어진 숙제 목표는 습자지 100장. 선생님 퇴근 시간에야 스무 장도 채우지 못한 숙제를 드릴 때가 많았다.

연습한 습자지가 국어책만큼 쌓일 때, 나는 매일같이 선생님이 주신 동화책 『아낌없이 주는 나무』를 소리 내어 읽었다. 책 속의 나무 이야기는 슬펐다. 책에서처럼 사과를 내주지는 않지만 내 곁에도 언제나 나무가 있었다. 내가 짚고 다니는 목발은 손때 잔뜩 묻고 파이고 넘어져서 성한 곳이 없었다. 나에게 오지 않았다면 지금쯤은 천연기념물이 되었을 흑단 나무였다. 어디에서 자라나 언제까지 초록빛을 띠었는지 가늠조차 할 수 없지만 너무나도 단단해서 물에 뜨지도 않는 무거운 나무였다. 죽어서도 아낌없이 나에게 왔다. 나는 누구보다 목발을 잘 다루고 잘 걷는 사람이 되었다. 누구에게든 목발 짚는 방법을 전수할 수 있었다. 목발은 내 곁에 와서 내 몸의 사랑스러운 일부가 되었다.

학교 도서관에서 책 읽기를 알려 준 4학년 벗, 제민준이 고마웠다. 그가 소개해 준 책은 종이가 거칠고 두께가 얇은 40권짜리 코넌 도일의 셜록 홈즈 시리즈였다. 그는 빨간색 표지로 된 애거서 크리스티의 추리 소설을 사랑했다. 나는 하얀색 ABE 문고 『초원의 집』이 좋았다. 친형과 60쪽까지 먼저 읽기 내기를 했다. 교실보다 학교 도서관에서 열린 겨울 도서 교실이 더욱 짜릿했다. 반 친구들과 함께 모여 앉을 수 있는 도서관 책상이 좋았다.

폐렴에 열이 40도를 넘나들고 기침이 멈추지 않아 진통제를 투여받아도 개근상을 놓칠 수 없었다. 고집스럽게 등교한 나를 오전 시간이 지나서야 조퇴시켜서 초등학교 유일한 상을 받게 해 준 4학년 담임 이동수 선생님이 계셨다.

5학년 3반이 되었다. 교실에서 화장실까지는 여전히 멀었다. 모두들 냄새나고 느리다며 나와 짝지 하기를 꺼렸다. 물만으로도 수채화를 어른 화가처럼 잘 그렸던 짝지가 있었다. 민정이는 단 한 번도 나에게 얼굴을 찌푸리지 않았다. 난 그녀의 미술 시간을 사랑했다.

5학년 담임은 이승희 선생님이었다. 이름을 보고 여자 선생님인 줄 알았다. 조각가이며 사진가인 미술 선생님이셨다. 모든 학생들이 좋아했다. 행사 때는 물론 일상에서도 우리를 카메라에 담으셨다. 부산 금곡에 스케이트장이 생겨서 단체로 체험 학습을 가기로 했다. 선생님께서 나에게는 한 시간 미리 오라 하셨다. 다른 친구들보다 먼저 얼음판에 들어가게 해 주셨다. 일주일 후, 스케이트화도 없이 선수같이 얼음을 지치는 내 몸짓이 찍힌 사진 한 장을 내미셨다.

선생님은 매주 책 읽기 숙제를 내주셨다. 어느 금요일에는 『사랑의 학교』를 읽으라 하셨다. 세상에, 저 머나먼 이탈리아에도 참 다양한 사람들이 있고 나와 같은 아이도 있었다. 내가 책에 나오는 인물, 넬리였고 크로시였다. 넬리를 괴롭히지 말라고 반 아이들에게 호통을 친 가르로네와 같은 친구가 내게도 있었다. 가르로

네와 같은 어른이 되고 싶었다.

　　중학교는 동창들이 많이 진학했던 학교로는 함께 갈 수 없었다. 너무 멀었다. 나는 집에서 직선거리로 2.1킬로미터 떨어진 내성중학교에 입학했다. 큰길가에 있어서 자동차로 학교를 오가기가 수월했다. 때로는 차를 기다리는 것이 너무 지겹거나 어른들이 데리러 오기 힘든 날도 있었다. 어느 날 걸어서 집에 가기를 도전해 봤다. 온몸이 흠뻑 젖었다. 다행히 겨드랑이는 무사했다. 혼자 목발로 걸어서 집에 오자 어머니가 물수건으로 땀을 훔쳐 주셨다. 4학년 때 처음으로 나 혼자 농심 까만소 라면을 끓였을 때처럼 나의 최초 도보 통학은 성공적이었다.

　　중학교 1학년 담임은 국어 선생님이었다. 내 기록에는 읽기, 쓰기 능력이 부족하다 적혀 있었다. 첫 시간이 작문 수업이었다. 김혜정 선생님은 교과서에 실린 유명한 수필을 그대로 빌려 글짓기를 해보라 하셨다. 피천득 작가의 「나의 사랑하는 생활」을 다시 쓰는 과제였다. 나는 내 치료실 생활, 내 목발 생활을 사랑한다 했다. 선생님께서 내 첫 수필을 교실에서 낭독하셨다. 나에게 참 글을 잘 쓴다 하셨다. 문학 재능이 뛰어나단다. 친구들은 나를 쳐다보고 박수를 쳤다. 생애 처음 받은, 남학생 친구들의 호응이었다. 국어책이 너덜너덜해질 때까지 읽고 또 읽었다. 국어 시험은 무조건 백 점을 받고 싶었다.

2학년 담임은 도덕 윤리 선생님이었다. 김옥자 선생님은 주말마다 길을 떠나 우리나라 섬에 죄다 상륙해 보는 것이 인생의 꿈이셨다. 선생님은 그 어떤 청소 시간에도, 그 어떤 반별 활동에도 나를 열외로 두지 않았다. 체벌에서도 예외가 없었다.

형이 다니는 동래고등학교로 진학했다. 첫 담임은 박임범 국어 선생님이었다. 첫 월례고사부터 몇 달 동안 나는 계속 국어 만점을 받았다. 선생님은 교직 생활 중 연속 국어 만점을 받는 학생을 본 적이 없다고 했다. 그는 내가 학급에 배정되었을 때 천하의 바보이겠거니 생각했다고 고백했다. 내가 학교 계단에서 떨어지는 두려움에 시달렸다고 내 얼굴을 보고 고백하셨다. 자신이 1층에서부터 업고 다녀야 하는 건 아닌지 무척 걱정했다고 했다. 나로 인한 걱정과 불안을 당사자인 나에게 직접 말해 준 사람은 그가 최초였다. 나는 그와 같은 국어교사가 되어 글을 쓰고 싶었다.

칠판에 분필로 써 내려가지 못하면 교대나 사범대에 지원조차 할 수 없었다. 목발이 어찌 감히 교단에 서느냐 화내는 시대였다. 교사 권위를 추락시킨다며 신체 검사에서 모조리 떨어뜨렸다. 나 같은 사람은 어렵사리 대학을 다녀도 교생 실습은 절대 받아 주지 않는다는 뉴스가 떴다. 원고지 손글씨가 느린 사람은 작가가 될 수 없다고 나를 말리는 어른들도 많았다. 어떤 교사들은 앉아서 일할 수 있는 시계방이나 약사 또는 세무 공무원이나 하라 했다. 그렇게 말한 사람 중 내가 대학에 합격했을 때 축하 인사 한마디 건넨 이는 아무도 없었다. 심지어 1976년까지 대학교들은 보장구 없이 직립 보행이 가능해야 입학을 허가했다. 70, 80년대였다면 내 목발도 대학 정문을 넘을 수 없었다.

나도 거의 체념하고 엉거주춤 목발을 짚고 복도에 서 있을 때였다. 친형의 담임이셨던 국어샘이 강호동처럼 웃으며 외쳐 댔다.

"니가 대학 갈 때는 컴퓨타가 판서하고 글 다 쓸 끼다. 걱정 말그라."

말투 끝자락이 만화 영화 「달려라 하니」의 홍두깨 선생 목소리 같았다.

고등학교 미술 선생님은 첫 부임한 젊은 교사였다. 나를 보고도 별로 당황한 기색을 보이지 않았다. 유치원 시절부터 미술학원 원장실에서 선 긋기와 색칠 연습을 그토록 했건만, 여전히 그림 그리기에 자신이 없었다. 조각 수업 시간에는 조각도를 잘 쓰지 못했다. 수업 시간 안에 작은 조각 하나도 마칠 수가 없었다. 그는 단순히 이론을 알려 주거나 그림 그리기로 미술 수업을 끝내지 않으셨다. 매번 수업마다 특이한 것, 새로운 걸 창조하는 것이 예술이라 했다. 주변의 가장 뻔한 것을, 내가 제일 잘 아는 것을 활용하여 가장 특이하고 새로운 것을 만들라 했다.

　뭉그적거리는 내 앞에 선생님이 오셨다. 난 그림도 부담스러웠다. 조각도 무서웠다. 이것저것 붙이는 공작은 시간이 너무 걸렸다. 그는 나에게 하얀 점토로 무엇을 빚어 보라 했다. 찰흙보다 가벼워 내가 다루기 쉬울 거라 했다. 나는 내가 가진 것 중에서 가장 이상한 것을 빚기 시작했다. 내 몸을 빚었다. 남들이 항상 궁금해했다. 어린 사람들이 나만 보면 물었다. "아저씨는 어쩌다가… 다리는 왜 그래요?" 나 같은 사람을 태어나서 처음 보는 아이들은 정말 궁금해서 물어본다. 나의 오른쪽 다리를 하얀 점토로 빚었다. 지구의 자전축보다 훨씬 기울어져 있는 내 하체였다.

　처음으로 학교 과제물에서 형을 이겼다. 처음으로 미술 최고점을 받았다. 아크릴판 위에 내 작품이 놓이고, 선생님의 평가가 종이에 적혀 있었다.

　　"유니크하고 유일하다. 예술이다."

　　그날 내 몸은 세상에서 유일무이한 것이 되었다. 아름답고 멋있는 예술 작품이 되었다. 내가 그리 빚었다. 선생님이 그리 해석하고 비평하셨다.

티라노! 뭐라노? 와 그라노?

¶

지금 사는 구산동에는 국수집이 많다. 꽈배기집도 많다. 오래된 가게가 있는 옛날 건물도 많다. 그런 건물은 대개 계단이 높다. 바퀴가 달린 것들은 고달프다. 반가운 것은 포장마차 호떡과 드럼통 군고구마 같은 길거리 음식이다. 바투 다가서면 벌써 주문받을 채비를 하신다. 출입 거부를 당할 일도 없다. 우리 동네 큰 마트 옆, 할머니 호떡 포장마차가 가장 반갑다.

어릴 적엔 많은 시간을 물리치료실 기립기에 매달려 살았다. 가슴과 무릎이 경직으로 굽지 않도록 단단하게 묶여 지냈다. 나는 방정환 선생의 색동회 어린이 동화책을 기립기에서 독파했다. 부산 동진외과 물리치료실은 추웠다. 그곳 침대에서, 기립기에서 딱히 할 것이 없었다. 엄청 두꺼운 「월간 조선」의 마지막 쪽 마지막 한 줄까지 다 읽고 나서도 나는 기립기에서 내려올 수 없었다. 한번 내려오면 그날은 다시 기립기를 이용할 기회가 생기지 않았다. 내 사춘기 문화생활은 치료실 텔레비전 밑에 꽂힌「선데이 서울」이 담당했다.

어머니는 누구보다도 먼저 치료실 문을 열었다. 남들보다 기립기를 1분이라도 더 쓰게 하기 위해서였다. 진통소염제 연고 큰 통 하나를 다 쓰고 치료실 밖으로 나왔다. 해 뜰 때 엄마 등에 업혀 집을 나왔는데 그사이 해는 져서 어두컴컴했다. 높은 십자가에 붉은 노을이 마지막 이마만 걸려 있었다. 눈물로 땀으로 속옷이 다 젖은 채였다.

개나리가 피었는데도 그렇게 추울 수가 없었다. 입술이 파래지도록 추웠다. 어머니는 내 다리를 당신 허리에 착착 감으셨다. 체온이 닿으니 금방 따뜻해졌다. 이를 딱딱거리며 내가 계속 떨면 교회 첨탑 아래 구부정 할머니의 포장마차 호떡집에서 뜨끈한 호떡을 사 주셨다. 폴폴 뜨거운 흑설탕에 입천장을 데어도 괜찮았다. 치료실 다녀온 날 여지없이 몸살을 앓아도 좋았다. 너무 황홀한 맛이었다.

초등학교 5학년 때 딱 한 번, 학교 친구들을 2층집 우리 집으로 초대한 적이 있었다. 내 생일 파티였다. 나를 심하게 놀리던 친구들도 모두 초대에 응했다. 어머니가 손수 만들어 주신 생일 요리가 호떡이었다. 요즘처럼 호떡 키트 같은 건 없었다. 그날 친구들과 무엇을 했는지는 기억에 없다. 기름 냄새, 밀가루 반죽 냄새, 흑설탕 녹는 냄새만 아직도 생생하다. 친구들과의 기쁜 어울림은 그때가 마지막이었다.

40년 가까이 흐른 뒤 초등 동창 모임에 갔다. 한 친구가 그때 어머니가 만드신 호떡을 기억했다. 어른 광민이었다.

어린 광민이는 나에게 최초의 별명을 붙여 주었다. 운율에 맞춰 노래까지 지어 불렀다.

"티라노가 온다. 티라노가 삐딱하게 다리를 끌며 걸어온다."

4학년이 되니 복도 끝 별관 건물에 과학실이 생겼다. 학교 뒤편 별관 끝으로 가려면 나는 늘 꼴찌였다. 수업 시작하고도 한참 뒤에 도착했다. 과학실로 가는 계단은 너무 기다랗고 높았다. 빨리 가려면 목발을 버려야 했다. 계단 아래 목발을 세워 두고 양팔을 젓가락질하듯 휘적휘적 과학실로 갔다. 이 구석에 처박혔다가, 저 구석에 고꾸라지듯 걸어갔다. 그때부터 다른 아이들이 나를 공룡이라 불러 댔다.

내가 다른 존재라는 것을 깨달은 것은 음악에 맞춰

무용을 하는 2학년 때부터였다. 나는 당시 유명했던「마징가 Z」주제가조차 몰랐다. 아이들의 율동은 이미 그 노래에 익숙했다. 그들의 몸동작에 내 목발이 걸려서 넘어질 뿐이었다. 너무 위험했다. 아이들이 움직이는 속도를 따라갈 수가 없었다. 분단 별로 다시 줄을 서는 사이 나는 잽싸게 무리에서 빠져나와 강당 앞 나무 계단에 앉았다. 노래가 끝날 때까지 그들을 바라보았다. 선생님이 다가와 걱정하셨다. 그러나 다시 아이들 속으로 가라 하지는 않으셨다. 나는 안전하고 편안해졌다.

4학년 때부터 학교 복도를 지나갈 때마다 남자아이들이 나를 "티라노! 티라노!"라고 불러 댔다. "티라노사우루스, 징그럽다! 웃기다! 이상하다!" 복도의 학생들이 모두 웃을 때까지 외쳐 댔다. 나는 멸종해야 했다. 그저 이상하게 살아남아 웃기게, 이상하게, 위태롭게 걸어다니는 존재였다. 왼쪽 다리는 쿵쿵거렸다. 오른쪽은 꼬리처럼 질질 끌렸다. 팔은 티라노처럼 양옆으로 짧게 휘저었다. 왼쪽 골반 고관절은 내 체중을 붙들지 않았다. 지구 중력을 받지 않는 아기 뼈 같았다.

아직 멸종하지 않은 티라노사우루스가 과학실에 들어갔다. 용해 실험을 하는 시간이었다. 뽀글머리 과학 선생님은 물에 녹은 황산구리 결정이 위험하다 하셨다. 푸른색 시안화물 청산가리와 헷갈리지 말라셨다. 화산 폭발 실험 모형에서 쓰다 남은 회색 고무 따꿍 달린 작은 시약병이 있었다. 거기에 황산구리 결정을 담았다. 겉면에 청산구리라 적었다. 나의 첫 네이밍이었다. 마치 내가 새롭게 치명적인 독약을 개발한 것처럼.

몇몇 무리들이 "티라노! 뭐라노? 와 그라노?" 하며 휘뚝휘뚝 내 걸음을 흉내 내고 따라 했다. 나는 재미있지 않았다. 그럴 때마다 왼쪽 주머니 시약병을 만지작거렸다. 황산구리처럼 눈물처럼 녹아서 멸종되지 않으리라. 학교 옥상 문 앞에서 계단 기둥을 붙잡고 또 붙잡았다. 이미 나는 초등학교 입학 전에 청산가리보다 백 배 이상 강한 독성도 맛보았으며, 끄떡없었다. 당시 돈 200만 원이나 주고서 보톡스 주사를 맞았다. 왜곡된 뇌신경 전달을 끊어 마음대로 뻗치는 까치발 경직을 죽이기 위함이었다. 부산 백병원에서 실험적으로 맞았던 주사 한 방, 단 400그램만으로 전 인류를 독살할 수 있다는 보툴리눔톡신이었다.

사춘기 중학생 시절, 그 추운 학교 복도에서 삼선슬리퍼로 그들에게 싸대기를 맞았다. 슬리퍼 한 짝을 손에 들고 내 뺨을 냅다 때리고는 신나게 도망가던 동급생 녀석, 능글맞은 얼굴을 절대 잊을 수 없다. 비웃던 그 목소리, 기절할 것 같은 차가운 공기 냄새까지 생생하다. 정작 이름은 아무리 해도 떠오르지 않기를 바랐지만, 그 녀석 이름은 수일이었다. 학교 가는 아침마다 복수를 상상했다. 시약병에 든 하얀 결정 녹은 독약 한 방울을 녀석의 도시락 반찬에 떨어뜨리는 공상을 하는 것이다.

　나는 무거운 보온 도시락을 목에 걸고 학교에 갔다. 어느새 내 목은 어깨처럼 굵어졌다. 그 녀석들이 비싼 햄 반찬만을 골라 날쌔게 도망갈 때마다, 나는 그들 입에서 애거서 크리스티 추리소설처럼 사과씨 냄새가 나기를 원했다. 수두처럼 사춘기가 지나갈 때까지 시약병은 내 품에 있었다. 그들이 내 등을 볼펜으로 찍어 대도 나는 멸종되지 않았다. 학교 담벼락에 몸을 감추고 저녁놀 질 때까지 하늘을 보았다. 그 녀석들이 전부 학원과 태권도 체육관으로 떠나고 나서야 담벼락에서 나왔다.

　친절한 사람 소리를 들을 수 있는 것은 대부분 라디오와 텔레비전을 통해서였다. MBC 라디오 「2시의 데이트」에서 집 밖을 돌아다니는 또래들 이야기를 접했다. 라디오 사이사이나 정규 방송이 나오지 않을 때 종종 주한미군 방송 AFKN을 틀었다. 알아듣지 못해도 괜찮았다. 다만 사람들 소리가 들리는 게 좋았다. 기계식으로 두어 번 채널을 돌리면 얼추 전파가 잡혔다.

날은 몹시 맑았고, 여느 때처럼 혼자 집에 있었다. 그날 방송은 군인들이 쏟아 내는 뜻 모를 영어 뉴스가 아니었다. 한여름 소나기 오듯 파도가 밀려오듯, 노래가 흘러 나에게 왔다. 챙이 넓은 모자를 쓴 여주인공이 기타와 큰 가방을 들고 길거리를 뛰어다녔다. 신나게 부르는 노래가 나를 토닥였다. 먼 나라 수도원으로, 고성으로 나를 이끌었다. 뮤지컬 영화「사운드 오브 뮤직」의 줄리 앤드루스 목소리였다.

영화 막바지 절정에 초등학교에서 배웠던「에델바이스」가 나왔다. 뽀글뽀글 머리의 젊은 영어 선생님이 강제로 외우게 한 영어 노래였다. 머리를 뒤로 넘긴 멋진 남자 배우가 기타를 치는 가운데 독일 나치로부터 온 가족이 탈출하며 부르는 노래였다. 토요일 오후 홀로 갇혀 있던 내 마음도 트랩 대령의 가족들과 로스펠트산에 올라 스위스로 해방되었다. 주머니 속 시약병도, 내 뺨을 후려갈기던 삼선 슬리퍼도 So long! 안녕히 작별이었다.

KBS2에서「11시에 만납시다」가 시작되면 부모님은 잠잘 시간이라며 방으로 나를 훔쳐 내셨다. 빨간 모노스피커 6석 라디오에 한 줄짜리 흰색 이어폰을 꽂는다. 다시금 나는 두근거리고 명랑해졌다.「이종환의 밤의 디스크쇼」가 시작하는 시간이었다. 다른 학생들의 사연을 만나고, 주말마다 하는 공개 방송을 들으며 키득거린다. 자정에 KBS「이선영의 영화음악실」시그널, 프랑크 푸르셀의「팔메 도르」가 흐르면 혼자 갈 수 없는 영화관에「오즈의 마법사」도로시처럼 무지개 너머 홀로 갔다가,「E. T.」에서 외계인을 만나 공중 비행을 하고,「파워 오브 원」의 주인공처럼 온갖 차별과 폭력에 당당히 맞서고 있었다.

고등학교 시절, 아무도 내가 대학을 갈 것이라고 생각하지 않았다. 나는 정해진 답을 정해진 대로 골라 시험을 치는 학력고사에 적응하기 어려웠다. 모든 과목을 고르게 공부하는 데에는 시간이 너무 많이 필요했다. 숫자로 생각하는 기초가 너무 없어서 수학과 물리 성적은 항상 꼴찌를 맴돌았다. 국어와 그 외 과목에서 만점을 얻어도 기존 학력고사 체제에서 나는 아주 공부 못하는 학생이었다.

재수를 하게 되었다. 대학 입시가 수능으로 바뀌었다. 문법 위주였던 국어가 방대한 지문을 읽는 언어 영역으로 바뀌었다. 나는 일일이 지문을 읽을 필요가 없었다. 이미 치료실 기립기에서 수십 번이고 읽은 책과 신문의 내용이었다. 혼자서 보던 교육방송 다큐 내용이 사회 영역 시험으로 나왔다. 언어 영역에서는 딱 한 개만 오답을 내었다. 일부 친척들은 내가 대학에 합격했다는 것을 믿지 않았다. 어떤 이는 내가 외진 곳의 시설로 갔다고 소문을 내기도 했다. 영화「엽기적인 그녀」에 나왔던 고풍스런 대학 건물 앞에서 인터뷰하는 나를 9시 뉴스에서 보고도, 입학에 무슨 비리가 있었을 것이라며 끝까지 의심했다.

내 등짝을 볼펜으로 찍어 대던 초등학교 동창과 고등학교도 같이 다녔다. 그는 내가 입학한 대학에 나보다 일 년 먼저 들어갔다. 입학식 바로 다음 날, 행정학과를 다니는 그를 만났다. 선배라고 천 원 남짓한 청경관 식판 밥을 사 주었다. 며칠 지나지 않아 그 녀석은 군대를 갔다. 그는 나에게 사과 비슷한 것을 했다.

아무것도 사라지지 않았다. 오늘도 가끔 기절하듯 까무룩까무룩 잠들면 불면증인지 가위눌림인지 나를 절벽으로 던져 버린다. 그 녀석들이 좀비가 되어 나를 물어뜯는다. 새벽 4시, 몸과 마음이 붕 뜬 듯 식은땀에 잠이 깬다. 대상포진처럼 수포가 사라져도 남아 있는 전기 고문 같은 통증처럼 찌리릿하다. 화석처럼 내 나

126

이테 사이에 남았다. 오염수 한 방울에 더러워진 강물이 드넓은 바다로 나아가서 더 맑은 물을 만나 깨끗해지듯, 나는 절멸하지 않았다. 여전히 멸종하지 않았다. 그렇게 살아남았다. 그렇게 살아 내는 것이다.

게르니카는
미술 동아리가
아닙니다

¶

내 형은 나보다 3년 먼저 대학 신입생이 되었다. 집에 들어오지 않는 날이 잦았다. 사흘이고 나흘이고 집을 비웠고, 이번에는 지리산 다음에는 또 어디서 전화를 했다. 서울 어느 대학 학생회관에서 생존 확인 전화를 가끔 할 뿐이었다. 형은 여행동아리 '유스 호스텔' 회원이었다.

대학에서의 첫 중간고사가 끝났다. 시험을 앞두고 1학년 동급생들과 이틀 넘게 밤을 지새우며 한국 문학을 토론했다. 50분 안에 회색빛 A3 크기 답안지를 수정도 할 수 없는 볼펜으로 꽉꽉 채우는 연습을 했다. 시험에는 O, X만 요구하는 문제 스무 개가 나왔다.

기숙사로 돌아오는 길 청송대 긴 의자에서 얼핏 잠이 들었다. 풍물패 꽹과리 소리에 소스라쳐 깼다. 내 사랑하는 한국어와 문학은 그런 퀴즈로 완성될 수 없었다. 나는 더 이상 문과대학 인문관 1층 강의실에 가고 싶지 않았다. 대학 수업에 들어가지 않고 여행만 다닌 형이 이해되었다.

　나는 인문관과 종합관, 식당인 청경관을 맴도는 궤도에서 탈출하고자 했다. 그 동선을 벗어나려면 체력이 필요했다. 대학 정문까지는 다 내려가지도 못했다. 다른 학과 학생들을 만나는 동아리들이 있는 학생회관까지라도 진출하자 했다. 나름 야심 찬 계획이었다. 거기까지라도 행군을 해야 형처럼 백두대간 종주를 시작할 것 같았다.

　신입생이라면 필수로 듣는 예배 수업 채플이 있었다. 채플이 열리는 대강당 건물에 동아리연합회와 동아리방들이 있었다. 대강당 2층으로 올라가는 계단에는 손잡이가 없었다. 넓은 돌로 만든 난간 손잡이만 있었다. 한 손으로 쥐어 잡기에 너무 미끄럽고 차가웠다. 어떻게든 잡고 올라가야 했다. 내 첫 등반을 쉬이 포기할 수 없었다. 미끄러지고 헛디뎌 정강이에 피멍이 늘어갔다.

　기숙사 지하 1층에서 우연히 만난 얼굴 하얀 한국인 선배가 있었다. 그는 가끔 내 빨랫감을 받아다가 세탁이 끝나면 가져다주었다. 그는 유스호스텔 동아리 회원이었다. 선배는 자기네 동아리가 아직 나를 받을 수 준이 안 된다며 다른 동아리를 소개했다. 그 동아리는 학생회관 3층에 있었다. 학생회관에는 승강기가 없었 다. 그나마 계단의 손스침은 따뜻했다. 한 손에 쥐어지 는 나무 손잡이는 4층까지 이어졌다. 총여학생회 바로 맞은편에 있는 연세적십자회 YRC의 문을 두드렸다. 한 글학자 외솔 최현배 선생이 서거 15시간 전에 탈고하 신 마지막 원고를 소장하고 있는 동아리라니. 봉사 활 동을 하는 동아리라고 했다.

이제 학생회관 1층 자판기 앞에서 사람들을 피할 핑계가 생겼다. 종교를 믿으면 지금보다 나은 육체를 얻게 된다고 하는 사람들이었다. 1층 공중전화 앞에는 삐삐 메시지를 확인하려는 사람들 줄이 좀처럼 줄어들 지 않았다. 총여학생회실에는 앉아서 학교 밖으로 통화 할 수 있는 유선 전화가 있었다. 게다가 공짜였다. 학생 회 여성들은 늘 나에게 긴 안락의자를 양보해 주었다. 그들이 힘써 만든 여학생 휴게실에 몸을 누일 수 있었 다. 거기서 내 틀어진 골반을 바로잡아 주던 무거운 보 조기를 잠시 벗어 두었다.

YRC 동아리는 주말마다 경기도 광주로 학습 지도 봉사 활동을 갔다. 1993년까지 서울 보라매공원 안에 있었던 학교였다. 누군가에게는 이름 있는 학교, 꼭 들어가고 싶은 학교, 입학할 수밖에 없는 삼육재활학교였다. 어머니는 일곱 살짜리 나를 업고 부산에서 올라와 학교 기숙사 앞에서 하염없이 서 계셨다. 끝내 나를 기숙사에 내려놓지 않고 발길을 돌리셨다. 그 삼육재활학교에 내가 대학생이 되어 갔다.

동아리 사람들은 매주 빠짐없이 학습 봉사를 갈 것처럼 굴었다. 실제로 그렇게 하는 사람은 없었다. 나도 대학 내내 딱 한 번 갔다. 재활학교 학생들이 내가 다니는 대학교를 방문했을 때 구경을 시켜 준 것이 내가 YRC에서 한 봉사 활동의 전부였다. 휠체어 타는 학생은 한 명도 없었다. 모두 나처럼 걷고 나처럼 팔을 휘젓는 아이들이었다. 그들은 나를 선망의 눈빛으로 보았다. 1980년대 보라매공원 앞 엄마 포대기에서 내렸더라면 나도 그들 중 한 명이었다.

동아리 대학생들은 신촌로터리에 돌아오면 특수학교 아이들을 안줏거리로도 삼지 않았다. 그곳 학생들이 왜 기본적인 외출도 어려워하는지 분노하는 대학생은 없었다. 아니, 그해 같이 들어온 영문과 여학생 딱 한 명이 분노했다. '시대의 어둠을 넘어 실천하는 인간 사랑' 동아리 회보에서 호소했다. 우리 대학생들의 맥

주잔을 깨 버리고 실천하는 활동을 하자고 설득했다. 그러나 동아리 사람들은 대개 술에 취해 주말에 늦잠을 잤다. 아무도 동아리 회보에 실린 호소를 보지 않았다.

　1년이 지나도 대강당에 잡을 만한 손잡이는 생기지 않았다. 윤동주 시인이 거닐었을 법한 교내 아롱아롱한 숲들이 어느 날 사라졌다. 5층 넘는 신축 건물들이 러브호텔처럼 지어졌다. 상경대 건물이었다. 그곳은 착실히 최신식 승강기 설치 요건을 지켰지만, 4층짜리 학생회관에는 여전히 승강기가 생기지 않았다. 나와 함께 같은 전형으로 대학에 들어온 신입생 스물한 명은 모두들 동아리에 가입했을까?

　신촌에서 뒤풀이를 하고 다시 학교로 올라오면 축축한 잔디밭 말고는 마땅히 쉴 곳이 없었다. 어떻게든 백주년기념관 앞까지 와야 했다. 기념관 앞 하얀 계단석에 앉을 수 있었다. 그 건물에 딱 하나 있었다. 내 목발을 마구 벌려도 여유롭게 들어갈 수 있는 유일한 화장실이었다. 밤 10시를 넘기면 그곳도 문이 잠겼다. 콘서트나 전시회가 개최되어 늦게까지 문이 열려 있는 운 좋은 날이 가끔 있었다. 같은 전형의 친구들 몇몇은 당연하게 플라스틱 오줌통을 들고 수업을 다녔다.

　학교 중앙도서관에는 지하철처럼 삼발이 게이트

가 있었다. 목발을 짚고서는 온전히 들어갈 수 없었다. 테트라포드처럼 생긴 그것이 내 진입을 막았다. 승강기는 도서관 일부 층에서만 멈췄다. 나는 대학을 졸업하는 2000년까지 도서관 열람실에 가지 않았다.

1996년이 되었다. 심리학과를 다니던 점자를 쓰는 시각 장애인이 자퇴했다는 기사가 신문에 실렸다. 점자 자료가 너무 부족하여 공부를 할 수 없었다고 했다. 기사는 그가 학교를 떠난 지 한참 뒤에야 났다.

대학에서 두 번째 여름이 지나고 있었다. 2학기가 개강했다. 같이 면접을 봤던 친구가 종합관 5층에서 나를 조용히 불렀다. 전동휠체어를 탄 그를 번쩍 들어서 계단에서 내려줄 친구들도 없었다.

"이놈의 학교, 이대로 다니다간 힘들어서 죽을 것 같다. 뭐라도 해보자. 아~들을 모아 봐라, 니가."

텅 빈 강의실 앞 종합관 복도에 그의 부산 사투리가 텅텅 울렸다.

1996년에 입학한 사람들 기사가 크게 났다. 그중에 「중앙일보」에 대문짝만 하게 기사가 실린 나이 많은 형을 먼저 찾아갔다. 나는 기대에 부풀었다. 장학금을 받지 말고 우리가 스스로 중앙도서관을 이용할 수 있도록 만들자는 나의 제안에 형은 자신은 가난하기 때문에 그럴 수 없다 했다. 형은 대학교와 싸우기보다 고마워해야 한다고 훈계했다. 다른 과방을 드나들던 한 친구는 늘 사람들에게 둘러싸여 신나게 한 손으로 바퀴를 굴리며 내 앞을 지나갔다. 말 붙일 틈이 없었다.

나는 장애인 단체가 펴내는 월간 「함께걸음」을 곁눈질해서 따라 하기로 했다. 우리는 작은 유인물을 만들었다. 종합관으로 향하는 언덕으로 많은 학생들이 지나갔다. 같은 전형으로 입학한 학생 중에 우리가 만든 한 쪽짜리 유인물을 받아 준 이는 과학고를 거부당하고 천문대기학과에 입학한 후배 딱 한 명뿐이었다. 풍물패 동아리에 가입한 그는 몹시 바쁘고 인기가 많았다. 학교 안에 휴게실이 없어 오랫동안 앉아만 있느라 욕창이 자주 생기는 형이 있었다. 컴퓨터공학을 전공한 형은 일산에 살았고 손수 운전해서 통학했다. 형은 물침대를 사용해야만 했다.

그 형까지 해서 우리 넷은 학교 안에서 유일하게 휠체어가 접근할 수 있는 식당에 모였다. 학생들이 밥먹을 시간에는 그곳에서 회의를 할 수 없었다. 식당 문을 닫기 전 30분 동안만 겨우 눈치를 보며 모일 수 있었다. 동아리 이름을 짓는 데는 30분보다는 좀 더 긴 시간이 필요했다. 모임을 제안한 친구 집에 나란히 누워 새벽까지 이름을 생각했지만 마음에 드는 이름은 나오지 않았다. 이미 다른 사람들이 많이 쓰는, 손발이 오그라드는 이름은 탈락이었다. 누가 들어도 우리의 존재를 느끼고 발길을 우리에게 향하도록 해야 했다. 이튿날 아침에 미술대학을 다니는 그의 여동생이 지나가면서 무신경하게 한마디 던졌다.

"'게르니카'로 하면 어때? 피카소 그림."

그렇게 장애인 대학생 동아리 이름이 정해졌다. 사람들은 우리 동아리 이름을 들을 때마다 멈칫 가던 길을 멈추었다. 어떤 이는 돌아서서 찾아와 물었다. 그때마다 우리는 입을 모아 외쳤다.

"'게르니카'는 미술 동아리가 아니에요!"

기숙사 가는 길에 봉고차를 세워 곧잘 나를 태워주던, 서장훈의 복귀로 더 강력해진 연세대 농구단이 제33회 전국대학농구 1차, 2차 연맹전에서 더블 우승을 달성했던 그해, 우린 동아리 깃발을 올렸다.

쉘 위 댄스

¶

1996년 10월의 마지막 날, 서울에서 보내는 두 번째 겨울을 앞두고 있었다. 차가운 서울 바람에 두 손이 에는 듯 벌게졌다.

사회과학대학은 학교 홍보 사진에 단골로 나오는 오래된 건물에 있었다. 지하에는 과동아리들이 모여 있었다. 1988년에 시작한 사회과학대 민중노래패 '늘푸른소리' 사람들이 나에게 왔다. 정기 공연 주제로 '나'를 둘러싼 문제를 쓰고 싶어 했다. 나 같은 존재를 노래로 만들어 정기 공연을 하고 싶다 했다.

내 몸 중력 가속도는 남달랐다. 남보다 세 배에서 다섯 배의 중력이 걸려 있었다. 내 몸은 화성에서 더 자유로울지 모른다. 지구에서는 마음대로 내 몸을 조정할 수 없다. 내 주위에 걸린 중력장 때문인지 사람들은 내 곁에 잘 오지 않았다. 함부로 뻗치고 특이하게 뻣뻣해지는 내 몸에 관심 있는 이는 회진 도는 인턴 의사밖에 없었다. 인간 동물원 같은 구경의 역사였다.

오롯이 내 삶을 노래로 만들고 싶다니 충분히 의심 스러웠다. 처음이었다. 아니, 초등학교 2학년, 그때가 첫 경험이었다. 키 크고 머리가 치렁치렁 긴 6학년 누나 넷이었다. 두 장을 빼곡히 채워 써서 고이 접은 편지를 나에게 주었다. 같은 초등학교에 입학해서 무척 반갑고 기쁘고 자랑스럽고 환영한다고 했다. 타인에게 환대받는 것은 드문 일이었다. 내 존재에 대하여 다른 사람이 글을 지어 주었다. 누가 쓴 편지를 받는 경험도 처음이었다. 그 편지는 이순희 씨 일기장에 지금도 이쁘게 물풀로 붙어 있다.

첫날은 노래패 사람들 1, 2, 3학년 여럿이 나에게 왔다. 공연을 한다면서 자기들끼리도 나를 두고 어떻게 해야 할지 자꾸만 망설였다. 사전 인터뷰를 서로 넘기며 주저했다. 궁금하고 신이 나야 공연이 될 텐데 너무들 조심스러웠다. 소수자를 주제로 한 공연 중에서도 나 같은 사람은 처음이라고 했다. 다음 날부터 오로지 1학년 한 명이 줄곧 나를 따라다녔다. 꼬박 이틀 열심히 나에 대해 메모해서 돌아갔다. 얼마 뒤 그녀는 드디어 공연 결정이 났다고 알려 왔다.

때때로 그녀는 수업을 들어가지 않고 주로 문과대와 사과대 학생들이 찾는 청경관 식당에 왔다. 식판 두 개를 양손에 들고 와서 하나는 나에게 내밀었다. 학생회관은 점심시간이면 홍수 난 강물처럼 사람들이 넘실대서 피해야 했다. 청경관은 골고다의 언덕 같은 가파른 길을 올라와야 하는 독립된 식당 건물이었다. 청경관 밑 오래된 돌계단에 퍼질러 앉아서 손으로 먹는 700원짜리 은박지 김밥이 혼자여서 그나마 안전했다. 청경관에서만 먹을 수 있는 계란 라면이 간절했지만 창문 사이로 삐져나오는 내음만으로 만족해야 했다.

그녀는 나를 만날 때마다 하루에 한 단어씩 일본말을 알려 주었다. 대기업 주재원 아버지를 따라 일본에 가서 중고교를 다녔다 했다. 한국 학생이 별로 없었고 일본인 친구들과는 어울리기가 어려웠다 했다. 자주 들었던 말은 "오카와리(밥 한 공기 더)?"였다. 청경관에서 라면을 먹을 때면 그녀는 가끔 빨간 병을 꺼내 빨간 소스를 끼얹었다. 처음 보는 그것이 타바스코 핫소스라는 것을 그녀가 알려 주었다.

한 달 넘게 취재하는 동안 그녀는 많은 것을 물어보았다. 나는 1995년 2월 새벽 서울역에 도착한 이야기, 사춘기 시절의 티라노, 청산구리 일화를 들려주었다. 땅거미가 63빌딩 너머로 번지기 시작하면 그녀는 어둠이 들어찰 때까지 어둡고 무거운 민중가요를 읊조렸다. 대부분 모르는 노래들이었다. 그녀가 부르는 노래 중 귀에 익은 것은 「그리움만 쌓이네」라는 대중가요 뿐이었다. 만나지 않는 날에는 유일하게 외부 전화를 쓸 수 있는 총여학생회 수화기 너머에서 노래를 불러 주었다. 어떤 노래든지 나에게도 들려달라고 부탁했다. 요구했다. 나는 아는 노래가 별로 없었다. 그녀에게 불러 줄 노래도 없었다.

음악은 무섭고 위험했다. 초등학교 2학년 때 무용을 하라고 틀어 준 「마징가 Z」 주제가는 나에게 너무 빨랐다. 다른 아이들 속도에 맞추어 목발에 몸을 싣고 움직일 수 없었다. 나는 학교 음악 시간에 노래 가사 속 '의'나 '에' 발음을 제대로 하지 못했다. 리코더 실기 시험도 수행하지 못했다. 오른손가락으로 피리 아랫구멍을 막는 동시에 왼손가락으로 윗구멍을 막지 못했다. 겨울에 말라 죽은 자벌레처럼 동시에 뻣뻣하거나 동시에 힘이 빠지거나, 질서 없이 떨었다. 담임 선생님은 손가락을 쓰지 않고 들숨과 날숨으로만 연주할 수 있는 하모니카를 골라 주셨다. 하모니카로 음악 실기 시험을 통과했다. 그때까지 나에게 노래를 불러 달라고 청한 사람은 그녀가 처음이었다.

　　1996년 12월 9일 오후 5시, 학생회관 4층 무악극장에서 첫 번째 공연이 열렸다. 휠체어가 나오는 최초 창작 민중가요 공연이었지만, 정작 휠체어를 타는 사람은 극장에 올 수 없었다.

　　공연 제목은 「되살미 죽이기」로 정해졌다. 그녀가 중앙도서관에서 빌려 온 너덜너덜한 소설책에서 따왔다고 했다. 수많은 대학생의 손을 탔을 그 소설, 『앵무새 죽이기』를 나는 도서관에서 대출할 수 없었다. 도서관 출입구에 달린 삼발이 게이트가 넓은 내 오지랖을 막았다.

　　유명한 소설 제목을 가져다가 변용하는 데 대해 많은 이들이 반대했다. 처음 무대를 기획할 때부터 제목을 확정 짓는 끝까지 주저했다. 노래패 대표가 공연 소책자 '여는 글'에서 직접 고백했을 정도였다. 나를 줄기차게 따라다닌 그이가 강하게 '되살미'란 단어를 써야 한다고 밀어붙였다고 했다. 공연 제목에 쓰인 저 단어의 유래와 의미, 창작 목적을 나에게서 들은 사람은 그이가 유일했기 때문이었다. 다른 사람에게 걸리적대는 것이 아니라 매일같이 삶과 생활이 되살아나게 하는 사람이란 뜻이 준비한 노래 주제에 딱 어울린다고 설득했다. 국어사전에도 없는 내가 만든 단어가 결국 공연 포스터에 찍혀 나왔다.

'되살미'란 이름씨는 멸종되어 화석처럼 굳은 내 몸을 날마다 다시 살려서 삶을 살아가야 하는 사람을 일컫는 말로, 내가 스스로 지었다. 부산장애인연합회에서 주최한 '장애인 새 이름 찾기' 공모에서 가작으로 뽑혔다. '장애인'이란 이름은 항상 불행과 액운의 대상으로 포착되었는데 내 몸뚱아리를 부르는, 내가 작명한 단어가 공연 간판이 되었다. 혼자 만든 이름씨가 많은 이들에게 다른 장르로 영감을 준 것은 처음이었다. 당사자의 이야기를 듣고 영감을 받고 합창으로 중창으로 널리 알린 것은 참으로 처음이었다. 늘푸른소리 노래패는 그동안 협소했던 틀을 깨고 싶었다고 했다.

공연이 끝난 뒤에도 그녀는 언제든지 자신을 불러 달라고 했다. 강고한 손글씨로 대자보를 쓰는 일은 서툴지만 나를 따라다니며 벽보 붙이는 일은 자신 있다고 했다. 우리는 자주 학생회관 3층의 총여학생회실 바닥에서 동아리 회원을 모집하는 대자보를 만들었다. 그곳 학생회 사람들은 내가 원고를 써 가면 아무리 바빠도 우리 것을 제일 먼저 손글씨로 써 주었다.

그녀는 일 년 내내 나보다 먼저 학생회관 3층에 도

착했다. 시오노 나나미의『로마인 이야기』율리우스 카이사르 편을 읽으면서 나를 기다렸다. 학교 건물 벽이면 벽마다 대자보를 붙이고 헤어질 때면 오빠만의 카이사르를 발견하라면서 또각또각 멀어져 갔다. 나중에는 그녀도 직접 대자보에 글씨를 그렸다. 신고 벗기가 편하다면서 거의 맨발이었다. 편한 운동화를 두고, 벽보를 높이 붙여야 한다면서 높디높은 구두를 고집했다. 처음부터 뒤꿈치에 반창고가 붙어 있었다. 일 년 뒤 굳은살 위에 여전히 반창고가 있었다.

덕분에 얼마 되지 않아 사람들이 모였고, 동아리연합회에서 사용 허가를 내주어서 이름을 붙인 동아리방이 학생회관 3층에 생겼다. 그녀는 학생회관에 내가 없으면 드넓은 백양로를 뻘뻘거리며 나를 곧잘 찾아냈다. 이한열기념비가 있는 작은 동산 나무 의자에 숨어서 아무에게도 눈에 띄지 않기를 바라며 김밥 먹는 나를 불렀다.

1997년 12월 4일 저녁 5시, 일찍 수업이 끝났는데도 그녀는 삼선동 집으로 돌아가지 않았다. 식판 두 개를 양손에 들고서 나에게 왔다. 어디 가자 한 적이 없던 그녀가 갑자기 대강당으로 가자 했다. 영화학회 쥐즌에서 개최하는 제5회 애로(愛路) 영화제에서 아직 국내 개봉을 허락하지 않은 일본 영화를 튼다고 했다. 1996년 일본에서 개봉했고 제2회 부산국제영화제 오픈시네마 부문에서 소개한 「쉘 위 댄스」였다. 학교 밖의 대중 극장은 나에게 너무 비쌌다. 걸어가려면 아스피린이 몇 알이나 필요했고, 주머니에 손을 넣을 수 없는 나는 맨손이 너무 시렸다. 대강당 정면 입구에는 경사로 하나 없었고, 직각으로 된 나무 의자는 너무 딱딱했다. 그래도 처음이었다. 성인이 되고서 가족이 아닌 누군가가 영화를 같이 보자고 권한 것은. 단둘이 영화를 같이 보는 것이 처음이라 괜히 경계가 들었다. 그녀는 영화가 상영되는 내내 나의 시린 손을 꼭 쥐었다.

　　2000년, 내가 졸업해야 하는 해에 그녀는 노량진 학원으로 갔다. 또각거리는 구두 소리를 더는 들을 수 없었다. 그녀가 좋아하는 나폴레옹 제과점 푸딩을 사 줄 돈이 여전히 없었다. 그녀는 졸업을 앞두고도 동아리 활동을 계속하는 나를 의아해했다. 학생회관에는 아직 엘리베이터가 없었다. 동아리방만 대강당 1층으로 옮겼을 뿐이었다. 그녀는 비 오는 날 나와 나란히 걷는 것을 힘들어했다. 나는 그녀에게 우산을 씌어 줄 수 없었다. 졸업 학점도 1점이 부족했다. 한 학기를 더 다녀야 했다.

졸업식이 있던 금요일에는 비가 억수같이 내렸다. 나는 학교에 없었다. 졸업 동기들과 졸업 사진은 찍었지만 졸업 앨범은 신청하지 않았다. 너무 비쌌다. 사람 없는 토요일, 혼자서 졸업 가운만 겨우 과사무실에서 빌렸다. 그녀도 노량진에서 나를 보러 왔다. 그녀는 내가 그녀를 격려했던 학교의 첫 장소, 그녀에게 대답했던 첫 벤치, 그녀에게 위로받았던 첫 학교 건물을 추억하는 사진들과 편지를 나에게 건넸다.

홀로 앞이 보이지 않는 새벽 4시 밤길을 걸어야 할 때에도, 하염없이 누군가를 기다려야 할 때에도, 모두가 포기하고 떠난 어떤 현장에서도 내 귓가에 또각또각 그녀의 구두 소리는 늘 다가온다. 그 어떤 절망의 상황에서도 그 어떤 고독의 시간에도 누군가는 저 가파른 계단을 올라 나에게 다가오리라는 희망을 잊지 않게 한 것이 그녀의 맨발과 구두 소리였다.

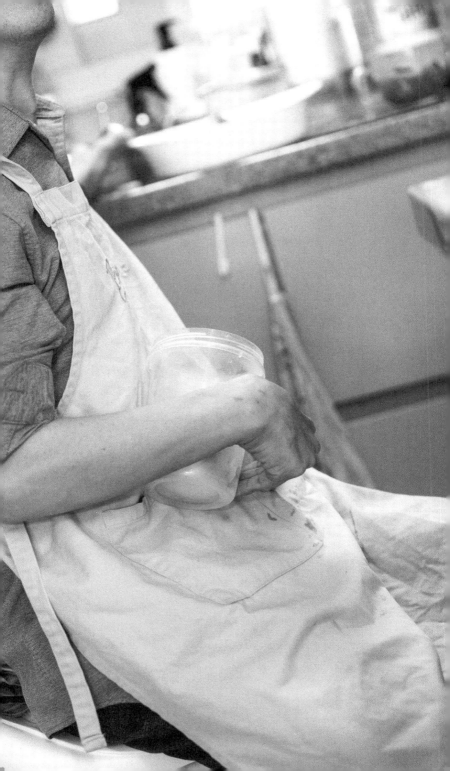

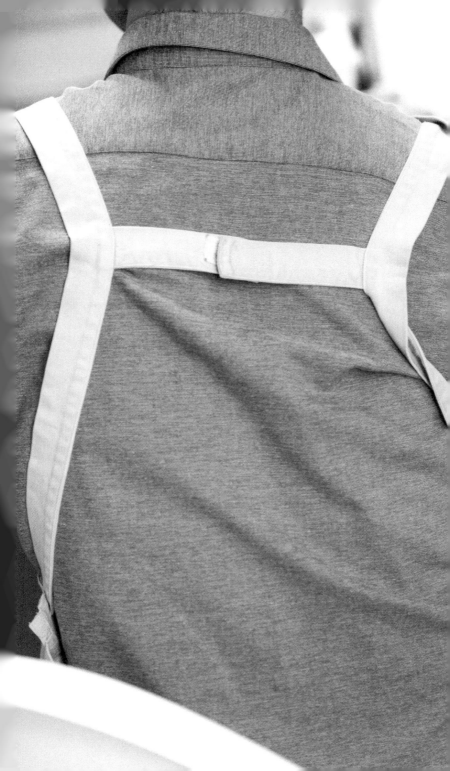

자유가 너희를
진리케 하리라

¶

1994년 2월 23일, 지리산으로 갔다. 무작정 집에서 멀리멀리 떠나고 싶었다. 부산 연산동 한샘학원에서 재수 생활을 막 시작할 때였다. 먼저 대학 간 고등학교 동창생 하나가 선뜻 나섰다. 고관절 빠지는 걸 막는 교정 보조기를 사이보그처럼 양다리에 차고 자동차로 갈 수 있는 성삼재 휴게소까지 간 뒤 걸어서 등반을 시작했다. 뒤에서 해병대에서 쓸 것 같은 모자를 눌러쓴 한 누나가 땀내 풍기며 다가왔다. 부산지체장애인협회의 제3회 지리산극기등반대회였다. 그 누나는 조력해야 하는 사람을 두고서 나를 나보다 더 힘들게 따라다녔다.

2월 말 지리산에는 봄 기운이 아직 없었다. 낯선 누나는 옷을 너무 얇게 걸치고 왔었다. 그러면서 묻지도 않은 자기 이야기를 꺼냈다. 오랜 애인과 헤어져서 왔다면서, 산을 내려와 부산에 도착할 때까지 내 옆에서 자신을 버린 애인 이야기를 했다. 나는 연예인의 연애 이야기도 친구들이 던져 주는 스포츠 신문 쪼가리로 접하는 정도였다. 무어라 해 줄 말이 없었다. 왜 나에게 그런 이야기를 하는지 궁금했지만 그냥 들었다. 마냥 듣기만 했다. 책이나 텔레비전 같은 매체를 통해 나오는 목소리가 아니어서 더 귀가 기울었다.

열 살 많은 누나는 매일같이 전화를 했다. 가족이 아닌 타인에게 전화 오는 일이 거의 없던 나는 부르면 나갔다. 2월의 마지막 날에 우리 동네 제일 큰 교회 온돌 기도실에 갔다. 부산 거제교회는 부산에서, 아니 전 세계에서 규모가 큰 교회로 손꼽힌다. 누가 신발을 단단히 다시 신겨 주지 않아도 혼자서 대중교통 없이도 목발 걸음으로 갈 수 있는 다른 공간이었다. 지하 온돌방에서 누나는 앉기 힘들어하는 나를 자기 무릎에 눕히고서 또록또록 울었다. 한참 동안 내 얼굴에 무거운 눈물이 떨어졌다. 너무 울음이 거세서 교회에서 쫓겨났다.

재수학원이 열리기 하루 전날, 누나는 검은색 큰 성경책 두 권과 손바닥만 한 빨간색 약속성경을 주었다. 누나는 지리산에서 다음 봄을 보지 않으려고 마음을 먹었는데, 일주일 동안 혼자 울지 않아서 통증이 가라앉았다고 했다. 내년 봄을 기다린다 했다. 교회에 가면 다시 걷고 나을 것이라며 나의 목발에 대고 기도하지 않은 이는 지리산 누나가 처음이었다.

1996년 대학은 학부제를 실시했고, 나는 단 하나의 전공을 미리 선택해서 입학하고 졸업하는 마지막 학번이 되었다. 1997년이 되자 백 원짜리 사과 음료라도 사 줘야 할 후배들이 다행히 줄줄이 옆에 붙지 않았다. 11월이 되니 1년 내내 밥을 사 주던 선배들이 과외 자리를 줄줄이 잃었다. IMF 위기가 닥쳐오고 있었다. 국문과 수형 선배는 마지막 남은 돈으로 나에게 짜장면을 사 주었다. 선배 자신은 굶었다.

대학 등록금 마련도 쉽지 않았다. 부산 신발 공장이 연달아 문을 닫아 고무 자재를 납품하던 아버지는 어음을 막지 못했다. 아버지는 작은 등산 가방 하나만 챙겨 집을 떠나셨다. 그러고는 한참 동안 집으로 연락하지 못하셨다. 아무도 우리에게 돈을 빌려주지 않았다. 어머니를 수양딸처럼 기르며 마당 넓은 양옥집 이층을 임대해 주던 큰어르신도 더 이상 집을 내주지 않았다. 어머니는 부산대학교 앞에 꽃집을 열었다. 형의 고등학교 친구 부모님이 큰돈을 빌려주었다. 고생고생하다가 말년에는 잘살 거라는 내 인생 점괘를 냈던 무당집에서 차용증도 없이 어머니 가게에 투자했다. 형은 꽃집에서 먹고 잤다. 대학을 다니며 과외를 몇 개나 했다. 형은 몇 년이나 내 학비를 댔다.

사립대학은 형이 다니는 국립대학보다 학비를 두세 배 요구했다. 1학년 등록금이 기성회비 419,000원과 수업료 1,041,000원이었다. 나를 위해 학교가 419,000원만큼 쓰고 있는지는 의문이 들었다. 종합관에서 듣는 여름 계절학기 영어 수업은 매번 지각이었다. 강사는 계단을 오르느라 땀범벅이 된 나에게 말했다. 학점을 미리 줄 테니 4층까지 그만 올라오라고. 내 뒤에서 이 말을 들은 사법고시를 준비한다는 복학생도 같은 처우를 요구했다. 강사는 그를 쳐다보지도 않았다. 대학은 등록금을 또 올렸다. 나는 미루고 미루었다. 결국 학생증에는 등록 도장이 찍히지 않았다. 난 학교에서 사람들에게 1만 원씩 빌렸다.

1996년 3월 29일, 목련이 활짝 핀 봄이었지만 비는 서리처럼 차가웠다. 그날따라 동아리방에는 선배도 동기도 아무도 없었다. 늦게늦게 출발했지만 학교 정문에서 경의선 굴다리가 나올 때까지 비를 피할 수 없었다. 옛날 군인처럼 짧게 깎은 머리카락 끝에 살얼음이 보일 지경이었다. 굴다리를 나올 즈음 간호학과 동기 한 명이 울면서 걸어왔다. 용광로에서 녹은 쇳물같이 눈물을 흘렸다. 법학대학 95학번 동기 한 명이 죽었다고 했다. 경찰과 전경들에게 맞아 죽었다고 했다. 95학번인 나는 군사 쿠데타를 일으킨 주범들을 감옥 보낸, 거대한 역사를 함께 이끌어 낸 학번이라고 허세가 가득했는데, 등록금 투쟁을 했다고 맞아 죽다니. 한참 동안 굴다리에서 밖으로 나갈 수 없었다. 안경에 맺힌 물방울이 빗물인지 땀인지 알 수 없었다.

　　2층 하숙집에 다다를 때까지 보조기가 골반을 파고들어도 아픈 느낌은 없었다. 난간을 잡고 한참을 귀퉁이가 조각조각 깨진 돌계단에 앉았다. 궁둥이가 척척해졌다. 건축학과 선배가 미리 며칠 재워 주어서 어렵게 이곳 하숙집 어머님 믿음을 얻었다. 계단이 나에게 위험하지 않다는 믿음이었다. 거의 한 달을 공짜로 지내며 집밥을 얻어먹었다. 다음 달부터 돈을 내기로 했다. 오는 길에 땅 대신 하늘을 쳐다보았다. 건물 꼭대기에 매달린 시뻘건 십자가들. 숫자를 세어 보았다. 몇 십 개를 꼽아 보아도 몇 번을 다시 세어도 그 동기, 노수석을 살려 내라고 기도할 수가 없었다. 그런 기도조차 부끄러웠다. 왜 잽싸게 피하거나 도망가지 못하고 겁쟁이처럼 비겁하지 않았을까? 대여섯 돌계단을 오르는 데 몇 분씩 걸리지도 않았을 텐데.

1996년 시월 마지막 날, 내게 짜장면을 사 주던 총
학생회장이 체포되었다는 대자보가 곳곳에 붙었다. 학
교 북문은 전경들의 장벽으로 막혔다. 당시는 한창 동
아리를 만들겠다고 여기저기 돌아다니던 시기여서 학
생회에서 나눠 준 수첩에는 늘 약속 메모가 가득했다.
하루는 주머니에 있어야 할 학생 수첩이 없었다. 또 최
단거리로 움직이겠다고 계단에서 서두른 탓이었다. 돌
아다닌 길들을 되짚어야 했지만 그럴 기운이 없었다.
그때 삐삐가 울렸다. 수첩을 주웠다고 했다. 대강당에
있는 중앙 동아리란다.

　　채플 시간에만 열어 두는 쪽문으로 대강당 가장자
리에 좁게 난 경사로를 따라가면 2층에 있는 동아리방
이 나왔다. SCA, 총기독학생회. 무겁고 녹슨 철문에 손
으로 만든 낡은 간판이 있었다. 예배 중이던 여학생 한
명이 수첩을 내게 건넸다. 연락처를 알기 위해 안을 좀
봤다면서, 사람들이 모일 장소가 필요하다면 대학 교회
의 회의실을 빌려 쓰라고 했다. 자기네 동아리 이름을
대면 우선해서 쓸 수 있다 했다. 그들은 교회 이름으로
받은 동아리 지원금도 우리에게 넘겨 주었다. 그들은
나에게 교회에 나오라 하지 않았다. 동아리 아침 예배
에 나오라 하지도 않았다. 함께 기도해서 내 몸을 구원

해 주마 하는 말도 하지 않았다. 그들은 그저 나에게 힘들면 자기네 동아리방에서 쉬라 했다. 내가 쉬고 있으면 그들이 동아리방들을 돌아다니며 우리 동아리 설립에 찬성한다는 서명을 대신 받아 주었다.

우리는 학생회관 3층, 중앙도서관이 내려다보이는 방을 배정받았다. 동아리방 중에서는 가장 좋은 곳 중 하나였다. 그러나 엘리베이터가 없었다. 모두가 함께할 수 없었다. 어느 날은 대강당 1층의 가톨릭 학생회 뉴맨 선배들로부터 연락이 왔다. 나는 한 번도 만난 적이 없는 사람들이 투표를 했는데, 우리에게 동아리방을 양보하기로 했단다. 자리 잡은 지 20년이 훌쩍 넘은 역사 깊은 공간이었다. 학생회관 3층으로 들려서 옮겨지는 친구들을 보았다고, 하느님의 이름으로 자신들만 편안하게 동아리방을 이용할 수 없다고 투표했다고 했다. 우리는 그들 동아리 맞은편에 있는 회의실로 동아리방을 옮길 수 있었다. 학교 중앙 동아리 전체가 이용하는 중요한 곳이었다. 수많은 동아리가 모두 동의해야 가능했다. 석 달이 지나자 학교 시설과에서 10센티가 넘는 입구 턱을 깎아 주었다.

과거 화장실 일부로 쓰였던 곳이라 창문 하나 없고 하수구 냄새가 심했다. 습기가 너무 많았다. 종이 벽지를 바를 수 없었다. 습기를 막기 위해 파란 페인트를 칠해야 했다. 우리 중에는 그런 작업이 가능한 사람이 없었다. 우석대 특수교육과 학생들과 학생회장이 삼례에서 고속버스를 타고 왔다. 그들이 페인트를 발랐다. 게르니카 동아리 간판은 강남대 특수교육과 1학년 여학생 두 명이 하루 종일 매달려 만들었다.

　　매년 2월이면 동아리 신입 회원을 모아야 했다. 그러나 우리 중에는 손글씨를 쓰고 대자보를 여기저기 붙일 수 있는 사람이 없었다. 대강당에 있는 기독학생회(IVF)는 늘 새벽에 모여 기도를 했다. 휠체어에서 내려 줄 사람이 없으면 항상 그들에게 부탁했다. 아침, 동아리방에서 사람들 발소리가 들려오면 언제나 그들이었다. 오늘은 써 줄 손글씨가 없는지, 중앙도서관 앞에 붙여 줄 대자보가 없는지 물어보았다. 우리는 기독학생회 다음으로 제일 먼저 신입 회원을 모으는 성실한 동아리가 되었다.

　　어느 날, 기독학생회와 연세적십자회에서 활동하던 영문과 동기가 나를 불렀다. 자기네 학과 교수가 장학금 받을 학생을 찾고 있다 했다. 성적이 장학금 근처도 못 가는데 무슨 장학금을 준다는 것일까? 편의점 아르바이트도 구할 수 없고 과외도 뛸 수 없으니 가릴 처지가 아니었다. 갈색머리의 영문과 교수라고 해서 영어로 면접할 것으로 생각해 잔뜩 겁을 먹었으나 한국말을 너무 잘하셨다. 그는 성적, 진로 따위는 하나도 묻지 않았다. 수업 이외에 무슨 활동을 하는지, 왜 동아리를 만들고 있는지, 그래서 개인 시간을 얼마나 쓰는지 딱 세 가지만 물었다. 그리고 그 자리에서 현금이 든 봉투를 나에게 건넸다. 등록금 말고 활동비로 쓰라고 당부했다. 남들이 수업 들어가고 공부하는 동안 그런 활동을 하니 성적이 높지 않은 것은 당연하다고 말했다. 수업만 듣고 등록금만 생각한다면 정작 학교에 필요하고 사람들에게 가치 있는 일들을 못 할 것이라고도 하셨다. 그 원한광 교수는 연희전문학교를 설립한 선교사 언더우드 1세의 후손이다.

1996년 1월, 신입생 합격자 발표가 있었다. MBC와 「조선일보」 등 언론은 늦깎이 공부로 들어온 30대 장애인 신입생을 연일 비추었다. 늘 모이던 지하 학생 식당에서 그 신입생을 만났다. 그는 함께하자는 나의 제안을 거절했다. 자신을 받아 준 학교가 감사하다는 것이 이유였다. 그 대신에 교내 교회에서 열리는 작은 시민단체 창립식에 가 보라 했다. 장애인편의시설촉진시민연대라는, 이름이 길어서 중간에 한두 모금 숨이 필요한 단체였다.

　　연락 없이 왔다고 핀잔은 들었지만 학생이라 행사에는 참석할 수 있었다. 생각보다 사람은 얼마 없었고, 유난히 키가 큰 백발 노인이 눈에 띄었다. 신학과 교수라고 했다. 시인 윤동주와 함께 학교를 다녔을 연배라고 했다. 다음 날 친구들과 함께 연구실로 찾아갔다. 우리 동아리 지도 교수님이 되어 달라 요청했다. 그는 지금의 대학이 부자들과 그렇지 못한 사람들로 나뉘고 그들의 사이가 좋지 않으니, 우리 같은 동아리가 꾸준히 살아남기가 어려울 것이라 말씀하셨다. 그래도 그만둘 생각이 없으면 대차게 학교랑 싸워 보라 하셨다. 너무 심하게 싸워서 징계를 당하거나 경찰서에 잡혀 가면 당신께서 직접 석방을 요구하겠다 하셨다. 교회 목사는 그런 일을 할 때 강한 힘을 가진다고 했다. 이계준 목사님이 우리를 위해 이사회나 경찰서에 가는 일은 없었지만, 우리는 지도 교수님을 요청하러 더는 방황하지 않아도 되었다. 은퇴한 백발 할아버지 목사님의 제자들이 이후로도 아무 말 하지 않아도 동아리 지도 교수를 몇 년씩 맡아 주셨다.

　　나는 학교 백양로를 뛰어가다 KBS 9시 뉴스 거리 인터뷰에 잡혀 나가 27초 동안 이야기를 했다. 그 뒤로

「한겨레신문」에는 장애인 대학생의 교육권 투자를 외면하는 학교를 비판하는 사설이 실렸다. 그때부터 갑자기 삐삐가 엄청 울려 댔다. 기자들의 음성이 수십 개 녹음되어 있었다. 교내 신문「연세춘추」에는 우리 동아리를 담당하는 기자가 생겼다. 기자들 앞에서 나는 결석하기 일쑤였던 강의실 들어가는 모습을 반복해서 재연했다. 학생회관 뒤편 음악대학으로 가는 손잡이도 없는 높디높은 계단을 몇 번이고 왕복했다. 우리 같은 학생들의 열악한 현실을 고발하는 사진 한 장 남기기 위함이었다. 학생들은 그 계단을 음악대학으로 가는 끔찍한 백계단이라 불렀다. 학교는 학생들을 위해 기도실을 설치하겠다 발표했다. 처음 후보지는 계단이 많았다. 우리는 다른 학생과 함께 자유롭게 기도하고 싶다고 자보를 썼다. 대학 교회는 다음 달 학생회관 뒷문 쪽 평지에 학생 기도실을 열었다. 휠체어가 기도실에 접근할 수는 있었지만 혼자 문을 열기는 여전히 어려웠다. 30년이 지났다. 아직도 기도실에 자동문은 없다.

이계준 목사님은 나의 나무가 머무르는 곳이 바로 교회이고, 네가 하는 활동이 바로 기도라 축복하셨다.

신의 아들

¶

대학 신입생 시절, 낮 동안 사람들은 긴 백양로에서 나를 먼저 알아보고 격하게 인사했다. 땅거미가 지고 사람들이 사라지면 나는 학생회관 1층에 기약 없이 앉아 오가는 사람들을 바라봤다. 사람을 향한 목마름은 쉬이 가라앉지 않았다.

갓 입학한 3월, 학생회관에서 수어로 말하는 그 선배를 처음 만났다. 교육대학원 다니는 정희찬이라 했다. 학교에서 만난 최초의 농아인이었다. 그는 나의 목발을 발견하자마자 다짜고짜 뜨겁게 몇 번이고 나를 포옹했다. 나는 중앙도서관 뒤편 언덕 벤치에서도 자주 학교 사람들을 내려다보며 구경했다. 그곳에 앉아 있을 때마다 많이 걷고 운동해야 한다고 지적한 눈썹 짙은 박사과정 선배가 있었다. 이름은 몰랐다. 볼 때마다 나에게 말을 걸고 큰 소리로 인생 충고를 했다. 자주 보지 못한 국문과 선배가 3층 YRC 동아리방에서 사는 날 찾아왔다. 그는 같은 층에 있는 해동검도 동아리 소속이었다. 선배는 경의선 기찻길 옆 자기 자취방에 가자 했다. 자신은 학원 강사로 일하느라 늦게 오니 자취방에 원하는 만큼 있으라 했다. 해병대 출신 김겸손 형은 밤이면 신선한 바람을 맞으라며 낡은 프라이드에 나를 태우고 서울 곳곳을 구경시켜 주었다.

　　어느 날 선배 하나가 나를 과방으로 조용히 불렀다. 국문과 내 사회부의 민경모 형이었다. 나에게 학교생활이 어떤지 물었다. 나는 그냥 재밌고 신난다 했다. 진심이었다. 큰 키에 비쩍 마른 선배는 눈물까지 글썽였다. 형이 말을 이어 갔다. 지난번 종합관 5층 계단에서 내가 멋지게 넘어지는 걸 봤다 했다. 사회부 사람들끼리 내 이야기를 나누었다고, 노동 해방을 말하는 사회부가 무언가를 해야 한다는 결론이었다고. 이미 과 사람들은 인문관 지하 우편함에 자료를 잔뜩 넣어 주고 있었다. 내 수업에 맞추어 전공책을 부분 복사해 주었다. 휠체어로 이동하는 벗과 내 것을 따로따로 묶어 이름을 꼼꼼히 적었다. 3학년으로 편입한 누나들은 필기한 강의 노트를 돌아가면서 복사해, 약 먹은 병아리처럼 졸거나 결석하는 나에게 주었다. 사회부 선배는 대책위를 만들든지 동아리를 돕든지, 우리를 위해 뭐든 하겠다 했다. 선배는 지하 전산실에 자주 가지 못해 항상 과제를 늦게 내는 나를 위해 흑백 노트북을 빌려 주었다. 그 노트북을 학생회관에서 도난당한 뒤에도 나에게 책임을 묻지 않았다.

입학 첫날 나를 만나 청문회하듯 질문을 던졌던 문과대학 부학생회장은 과 선배였다. 인문관 1층 국어학 전공 수업 10분 전에 들어와 자기소개를 했다. 안도현 시인의 시구를 하나 읊으며 학생자치 활동과 수업 공간을 요구하는 투쟁에 동참을 호소했다. 수업을 끝내고 과방에 갔더니 그 누나가 다시 왔다. 우리에게 뭐가 제일 급한지 물었다. 휠체어를 타는 동기에게는 인문관 입구 경사로가 당장 급했다. 일주일 뒤 문과대 부학생회장은 학교를 상대로 단식 투쟁에 들어갔다. 인문관 입구 경사로 설치가 학생회 공간 투쟁보다 앞선, 제일 첫 번째 요구안으로 올라가 있었다.

1995년 3월 말, 사회학과 대학원생 서동진 씨가 「연세춘추」에 게이·레즈비언 회원을 모집한다는 글과 함께 삐삐번호를 공개했다. 4월 1일 대학 최초 성소수자 모임 '컴투게더'가 만들어졌다. 얼마 지나지 않아 5월에는 중앙도서관 앞 천막 동아리방이 열렸다. 책상 하나

놓기 힘든 우리는 그들을 향한 욕설과 혐오조차 부러웠다. 하루가 멀다 하고 컴투게더 관련 기사가 학교 안팎에서 쏟아졌다. 그 천막에 가서 물어보기로 했다.

"저희도 우리의 인권과 문제를 알리기 위해 농성하고 싶어요. 어찌하면 좋을까요?"

우리가 천막에 다다르기도 전에 그들은 우리 앞에 무릎을 굽혔다. 휠체어에 앉은 동료의 눈높이에 맞춘 것이다. 그들은 책상과 서명판, 자보판을 모두 우리에게 넘겼다. 천막 앞 입간판에 적힌 '동성애'를 '장애인'으로 바꿔 크게 적어 주었다. 우리가 중앙도서관 앞에 있는 동안 내내 사람들을 불러 모아 주변에 모이게 했다. 학교 안에서 그들은 항상 우리 경호원을 자처했다. 자기네보다 우리의 바퀴와 우리의 장애를 먼저 옹호했다.

나는 얼마 전부터 사회복지과 전공 수업을 듣고 있던 참이었다. 부전공 신청도 했다. 사회복지 수업 10분 전, 나는 머뭇거리다가 강단 앞으로 나갔다. 아무쪼록 동아리 회원이 되어 달라 혼자 떠들었다. 강의실로 들어서는 학생들은 모두 고개를 끄덕거렸다. 하지만 수업이 끝난 뒤 계단밖에 없는 오래된 건물을 나서는 동안 가입하겠다고 다가온 사람은 아무도 없었다. 다른 대학을 졸업하고 다시 공부하러 편입한 형이 뒤에서 나를 불러 세웠다. 형은 이렇게 힘들게 강의실을 찾아다니지 말고 중앙도서관 앞에 그냥 판을 열라고 했다. 모든 이들이 하루에 한 번 학생회관과 중앙도서관을 가로지르는 큰길을 지날 수밖에 없다 했다. 그 앞에서 서명전을 하는 게 동아리를 알리는 데 효과적일 것이라 했다.

그래서 우리는 그곳에 갔다. 거기서 컴투게더 사람들을 처음 만났다. 우리가 곳곳에 붙인 동아리 홍보 스티커를 보고 회원 가입한 형도 그곳에 있었다. 그 형은 구순구개열을 가졌다고 했다. 종합관 결의를 했던 우리 둘이 학생회관 앞에서 서명 운동을 시작했다. YRC에서 무거운 책상 하나를 학생회관에서 더 내려 주었다. 그러나 책상 앞은 휑하기만 했다. 사람들은 우리를 측은히 쳐다볼 뿐 다가서지 않았다.

동기가 고무 타는 냄새가 나도록 전동휠체어를 달려 사람들을 가로막았다. 바삐 걷던 사람들은 걸음을 멈추지 않았다. 백양로 찻길 너머 사람 많은 도서관까지 다 들리도록 두세 시간 소리를 질렀다. 갈 수 있는 것은 목소리뿐이었다. 목은 빽빽 쉬었다. 뙤약볕 아래에서 목덜미 뒤는 화상을 입어 따끔거렸다.

갑자기 학생회관 계단이 소란스러워졌다. 여성 무리가 우르르 책상 앞으로 몰려들었다. 양손에 봉지가 들려 있었다. 누군지 밝히지도 않았다. 누구는 김밥을 안기고, 누구는 생수를 한가득 안겨 주었다. 서명지와 요구안을 한 움큼 들고 학생회관으로 다시 들어갔다. 30분이 지났다. 더욱 많은 여성들이 우리에게 다가왔다. 그녀들은 온몸에 둘둘 긴 현수막을 말고 있었다. 우리의 각종 요구안들이 적힌 현수막이 가로수에 걸렸다. 우리 목소리가 총여학생회의 강렬한 손글씨로 거듭나 백양로에 휘날렸다. 건너편 중앙도서관까지 우리 목소리가 현수막으로 증폭되어 학생들 시선을 붙잡았다. 학교 정문 쪽으로 몇십 미터 이르는 구간에 우리 요구가 내걸렸다. 정문까지 갔다가 현수막이 눈에 밟혀 학생회관까지 다시 돌아와 서명하는 사람도 있었다. 누군가가 우리가 만든 허접한 서명지를 딱딱한 서명판으로 다시 만들어 왔다. 그녀들은 서명판을 한쪽 팔목에 들고서 지나가는 사람들을 하나하나 막아서서 서명을 받았다. 우리 책상을 온갖 색상지와 종이로 꾸며 주었다. 우리 책상 앞에는 어느새 유명한 맛집처럼 긴 줄이 생겼다. 어떤 이는 중앙도서관 입구까지 가서 그 앞에 모여 있는 사람들에게도 서명판을 들이밀었다. 1996년이 그렇게 우리를 지나는 중이었다.

1997년 9월, 인권운동사랑방이 주최한 제2회 인권

영화제가 홍익대에서 열렸다. 대학 측이 전기를 끊어 버리는 바람에 자가 발전기를 돌려「시가라키에서 불어오는 바람」을 한국 최초로 상영했다. 일본 장애인 비장애인 공동작업장 이야기를 다룬 다큐 영화다. 계획보다 영화제는 하루 일찍 끝났다. 경찰들이 곧 대학가로 들이닥친다는 이야기가 파다했다. 홍대 인근에서 인권운동사랑방 서준식 대표를 만났다. 한국말이 서툰 풍채 좋은 시골 아저씨 느낌이었다. 우리도 영화제를 준비하니 그 다큐 영화를 잠시 빌려 달라고 했다. 원래는 외부 어디로도 대여할 수 없는 것이지만 특별히 비밀리에 빌려 준다면서, 안기부에 들키지만 말라는 농담을 하셨다.

이화여대 특수교육과와 함께 '개성 영화제'를 열었다. 우리의 장애를 '개성(personality)'으로 만들겠다 주장하는 영화제였다. 대다수의 장애인들은 우리의 이런 선언에 동의하지 않았고, 크게 분노하기도 했다. 차별과 혐오로 각자의 삶에 크나큰 고통과 좌절을 안겨 주는데, 무엇이 개성이고 무엇이 나의 정체성이 되느냐는 반문이었다. 우리는「시가라키에서 불어오는 바람」을 10월 8일 연세대 신상대에서 공개 상영했다. 테이프를 돌려주기 위해 서준식 대표를 다시 만나야 했으나 만날 수 없었다. 박노해 시인 시집을 소지하고 4.3항쟁을 그린 영화 「레드 헌트」를 상영했다는 이유로 10월 5일 구속된 것이다.

　　앞선 1997년 4월에는 제1회 서울국제여성영화제가 열렸다. 가부장제 사회에서 순종하는 여성 되기를 거부하고 우리, 나쁜 여자가 되자고 외치고 있었다. 1998년 이화여대 정문에서 신촌역까지, 이화여대 학생들과 35명의 사람들이 공개된 장소에서 여성들이 자유롭게 흡연할 권리를 주장하며 거리 행진을 했다. 다음 날 언론들은 "버르장머리 없는 나쁜 여자"들이라며 맹렬히 비난했다. 그나마 서울은 나은 편이었다. 내 고향 부산에서는 지나가는 남자가 흡연하는 여성의 따귀를 때리는 일이 아무렇지도 않게 벌어지곤 했다. 우리도 그녀들처럼, 「피터 팬」의 후크 선장처럼 당당하고 싶었다. 후크 선장은 애꾸눈과 갈고리 손을 감추지 않는다. 팔자타령을 하지 않는다. 인간 승리를 하지도 않는다. 그는 그저 나쁜 놈일 뿐이다. 우리도 그녀들처럼 그렇게 나쁜 장애인이고 싶었다.

　　지난 98년 10월 19일 여성단체인 한국여성단체연합과 한국여성단체협의회, 그리고 장애우권익문제연구소는 98년 9급 공무원 시험에서 가산점제도로 낙방한

김정원 씨를 포함해 7급, 9급 공무원 시험 응시를 준비하고 있던 5인, 그중 1인은 장애인(김형수)을 청구인으로 하여 '제대군인지원에관한법률'과 동법 시행령에 대한 위헌청구신청을 헌법재판소에 냈다.

헌법재판소는 1999년 12월 23일, 공무원 채용시험에서 현역 군필자에게 과목별 만점의 5~3%를 가산해 주도록 한 제대군인지원법 해당 조항에 대해 위헌 결정을 내렸다. 그 결정이 나온 날 많은 곳에서 전화가 왔다. 현재 군인권센터 소장으로 있는 임태훈 씨가 나에게 위험할 수도 있으니 조용히 피해 있으라 했다. 인터넷은 쳐다보지도 말라 했다. 이 일로 헌법학 개론서에 내 이름 석 자가 박혔다.

내 실명이 공개적으로 오르내르기 앞서, 단체의 지원 없이 7년 넘게 고독하게 위헌 청구 신청을 내고 치열하게 투쟁해 온 사람이 있었다. 충청남도 7급 행정직에 임용된 정강용 씨다. 그가 진정 후크 선장처럼 나에게 투쟁의 나침반을 보여 주었다. 원래 박정희 독재 군사 정권에서 만들어진 군가산점의 본뜻은 국가유공자와 상이군경 유족에게 우선적으로 근로의 기회를 부여한다는 취지였다. 저녁 식사 때마다 우리 집에 오던 외

삼촌이 군부대에 우선 임용될 수 있었던 것도 그 덕분이었다. 역시 국가유공자 유족인 어머니는 부산 교대 등록금을 마련할 길이 없어 중퇴하셨지만 말이다.

나는 그렇게 영원히 헌법재판소 판례로 남은, 신체 건장한 젊은 남성들이 지금까지도 힐난과 혐오를 하는 '신의 아들'이 되었다.

고독하지 않았다

¶

1996년 11월, 서울 방배동 장애우권익문제연구소 자료실에서 살다시피 했다. 그곳에서 조문순 간사님의 등을 보았다. 늘 둥글게 힘이 들어가 있었다. 성명서, 보도자료 발송을 도왔다. 컴퓨터 팩스 모뎀이 목청 긁는 소리를 내며 움직였다. 옆방 소장이 오더니 평택에서 사건이 터졌다 했다. 조문순 간사님이 나에게 가 보고 싶냐 물었다. 표정은 네가 가야 한다고 말하고 있었다. 김칠준 변호사 차를 얻어 탔다. 평택 에바다 농아원과 학교의 비리 척결을 요구하는 농아인 학생들 집회였다. 그들은 애국가를 부르며 집회를 시작했다. 대학 집회에서 「임을 위한 행진곡」만 들어 온 나는 애국가가 너무 낯설었다. 다음 달 8일, 에바다 사건은 MBC 「시사매거진 2580」에 보도되었다. 공중파 언론도 탔으니 이제 해결되리라 생각하고 나는 에바다 사건을 잊었다.

1997년 새학기가 되었다. 단국대 특수교육과 학생 회장 황지희가 찾아왔다. 내게 새내기 특강을 맡겼다. 대학 신입생 앞 강의는 처음이었다. 특수교육의 환상을 깨야 했다. 누가 뭐라든 특수교육은 착한 일, 남 좋은 일이 아니다. 특강 이후 96학번 새내기라는 이가 내게 다가왔다. 신입생이라는데 나보다 나이가 많았다. 김도 현이었다. 그는 진로를 고민하는 중이었다. 본인이 직 면한 장애인 문제에 대한 이론과 설명을 나에게 요구했 다. 나는 그 갈증을 이해할 수 없었다. 내가 겪은 내 삶 에 무슨 이론이 있을지, 무슨 설명이 필요한지 나는 몰 랐다.

　　여름방학 중간쯤 도현 형이 다시 나를 찾아왔다. 그는 목이 쉬어 있었다. 에바다의 농성이 끝나지 않았 다 했다. 여름방학 한 달만 같이하자 했다. 나는 장애 관련 학과, 학생들이 모여 있는 곳이면 무조건 갔다. 수 어 공연을 하거나 관련 통신 동호회 활동하는 곳은 모 두 가입했다. 평택 에바다 집회에 가기 위해 주말마다 무궁화 기차에 목발을 실었다. 평택역 앞에서 집회 사 회를 봤다. 나는 에바다 학생들의 피난처인 평택시 진 위면 봉남1리 진위천 강가에 왔다. 해 아래 모든 사람 은 평등하다는 뜻으로 이름 지은 '해아래집'에서 학생들이 끓여 주는 아침 라면을 먹었다. 하루에 성명서 하나씩 썼다.

겨울이 오고 크리스마스이브가 되었지만 성탄절 기쁜 소식은 아직 거기에 없었다. 단국대 특수교육과 학생 한 명이 먼저 와 있었다. 이희경이었다. 언론을 통해 고발하고 농성했던 교사와 학생들을 대상으로 비리재단 사람들의 폭력 보복이 있었고, 해아래집은 피난처였다. 나는 겨울방학 주말마다 그곳에 있었다. 흩어진 사건 자료들을 정리, 기사를 작성하며 매일매일 언론사에 보도자료를 보냈다. 인권 단체와 장애인 단체에 연대 성명서 발표를 요청했다. 라면 같이 먹자는 수어는 확실히 배울 수 있었다. 해아래집 학생들은 어느덧 나를 '토끼 이빨'이란 수어 이름으로 불렀다. 나는 내 눈썹이 진하게 날리니 '호랑이 눈썹'으로 해달라 청했다. 그들은 웃으며 가뿐히 거절했다. 내 툭 벌어진 앞니를 손가락 두 개로 쓸어내리며 양보하지 않았다.

혹시라도 밤에 비리재단 사람들이 습격할까 봐 학생들과 숙식을 함께하는 노동운동가가 있었다. 김은천 씨였다. 자원봉사를 빙자하여 에바다 학생들에게 가한 미군 성범죄를 해결하겠다며 처음부터 같이 투쟁한 사람도 있었다. 김용한 박사님이었다. 앞장서서 해결하겠다 설레발을 쳤던 장애인 단체들은 어차피 질 싸움을 왜 하느냐며 더는 집회 현장에 오지 않았다. 상지대 비리재단 퇴진운동 자료집을 조용히 나에게 건네준 누나도 있었다. 장애우권익문제연구소 한구석에서 성명서 팩스 전송을 도와준 사람이 있었다. 여준민 활동가였다. 외로운 집회 현장에 쌍용자동차 노조와 같은 지역 노조 수십 명을 늘 불러 준 지역 노동운동가 남정수 씨도 있었다.

몇 년이 지나도록 기약 없이 농성이 계속되자 함께했던 특수교육과 학생들도, 수어 동아리들도 에바다 투쟁 현장에서 사라져 갔다. 어느 학생회는 의미 없는 투쟁이라며 집회에 가려는 학생들을 비난하기까지 했다. 대학생들이 에바다 사건에서 모두 떠났을 때도, 에바다를 다시 제안한 김도현도 등록금을 벌어야 한다고 없을 때도 꿋꿋이 나와 단둘이 집회를 한 사람이 있었다. 이화여대 특수교육과 96학번 김선영이었다.

1970년대 미국 선교사가 땅을 기증하고 전국 에바다 농아교회가 출연하여 세운 평택 에바다복지회. 에바다학교와 농아원, 복지관을 마치 개인 재산처럼 부리고 족벌 운영하는 동안 수많은 미군 성범죄와 의문사가 벌어졌던 곳. 나는 발언할 때마다 10년이 걸려야 해결될 것이라 했다. 2,000일이 넘어갔다. 장애인 시설 비리 관련 최장기 투쟁이 될지 나도 몰랐다. 여태, 어떤 사건도 아무도 끝까지 민주화로 인권의 역사를 만들지 못했다. 인권 단체들도, 활동가들도 애써 외면하거나 마음 아파하며 포기하기 일쑤였다. 학생들과 함께 똥물을 뒤집어쓰며 함께했던 교사들도 이제 그만하자 했다.

1998년, IMF 금융 위기는 에바다에 오던 대학생, 언론의 발길과 눈길을 끊어 버렸다. 정보과 형사들의 확인 전화조차 오지 않았다. 비리재단은 투쟁을 주도한 특수교사를 파면했다. 그는 고물 수집으로 해아래집 생활비를 벌었다. 학생들 먹을 쌀도 외상을 져야 했다. 나와 선영이는 해아래집에 어떻게든 돈을 구해 오겠다고 설득했다. 대구대 유아특수교육과 조은경은 혼자 전교조 집회에 가서 막대 사탕을 팔았다. 자신의 등록금보다 많은 돈을 모아 왔다. 이대로 에바다 싸움을 접으면 앞으로 그 어떤 시설 비리 사건도 세상에 알려지지 않을 것 같았다. 그러나, 그날이 마지막 회의가 될 것만 같았다. 내 곁의 사람들은 모두 사라졌다.

연세대 기숙사 무악학사에 처음으로 경사로를 만들게 한 박대운 형이 있다. 그는 2002년 한일월드컵을 앞두고 휠체어로 2002킬로미터 유럽 무동력 횡단에 성공하였다. 나는 대운이 형이 기금을 얻을 수 있도록 횡단 도전 기획서를 초기에 같이 썼다. 평택에서 농성하다 잠깐 기숙사로 돌아왔을 때였는데 날밤을 새우고 썼다. 대운이 형은 그 프로젝트로 MBC 「칭찬합시다」의 58번째 주인공이 되었다. 그리고 형은 59번째 칭찬 주자로 해아래집 선생님을 추천하였다. 형은 내게 한 번도 에바다에 대해 말한 적이 없었다.

그해 9월, 해아래집은 공중파 방송을 탔다. 출연 대가로 받은 것은 매일 돌려서 고장 난 세탁기를 대체할 새 세탁기가 전부였다. 그날 방송은 비리에 맞서 투쟁하다가 파면당한 교사의 아들이 울먹거리며 인터뷰하는 것으로 끝났다.

"이제 아버지와 함께 놀러 가고 싶어요."

이 말 덕분에 다시 한번 특집 방송을 탔다. 에바다 사건은 전국적인 관심을 받았다. 호전적인 사람들의 싸움이 아니라, 한 아이의 아버지를 가족에게 돌려보내는 중요한 인권 문제가 되었다.

에바다의 내 마지막 회의는 2001년까지 끝나지 않았다. 해아래집 학생들이 끓여 주는 라면을 먹으며 계속할 수 있었다. 1998년 12월 31일도, 1999년 1월 1일 새해 일출도 해아래집 아이들과 선생님과 맞이했다. 진위천 강가에 자욱한 물안개가 서서히 걷히고 있었다.

운동선수가 많은 에바다 농아원 학생들이 텔레비전 앞에 모였다. 1998년 US여자오픈, 박세리의 맨발 투혼 우승 장면이 반복해서 나왔다. 1999년 7월 여름방학, '에바다 정상화를 위한 김대중 대통령 특단'을 요구하며 명동성당 농성을 시작했다. 나는 정말 캄캄한 절벽 앞에 선 것 같았다. 이미 천막 농성 중이었던 한국진보연대 주제준 활동가에게 우리 사정을 이야기했다. 명동성당에서 농성하는 법을 가르쳐 달라 했다. 저 수많은 깃발을 세운 단체들에게 어떻게 하면 우리도 여기에서 농성하고 있음을 알릴 수 있는가 따졌다. 하루 이틀이 지나도 오는 사람은 드물었다.

사흘째 되던 날 농사깨나 지을 법한 아저씨가 왔다. 박래군 형이었다. 형은 1988년 '광주 학살 원흉 처단'을 외치며 제 몸을 불사른 박래전 열사의 친형이다. 래군이 형이 게르니카 방에 온 적이 있었다. 너저분하게 쌓인 에바다 사건의 각종 성명서와 보도자료를 함께 정리해 주었다. 래군이 형은 나에게 주어와 풀이말을 문맥에 맞게 쓰라며 엄청 구박을 했다. 그래도 이제 고독하지 않았다.

1999년 8월 29일, 여의도 63빌딩 국제회의장 큰

회의실 두꺼운 출입문 앞에 책상을 놓았다. 안에서 민주노동당 창당발기인대회가 열렸다. 준비해 온 서명판과 모금함을 내밀었다. 오다가다 얼굴 익힌 활동가가 힘들지 않은지 물었다. 나는 대답했다. "제가 걷나요? 목발이 걷지."

목발과 나는 집회가 열리는 곳이면 어디든 출동했다. 거리 시위에 한 번이라도 더 가고, 라디오에서 한마디라도 더 해야 했다. 시위를 단독으로 열기는 어려웠다. 집회를 주최한 사람들이 모두 물러간 뒤에도, 해가 종로 3가에서 1가 방향으로 저물 때까지 더 천천히 걸었다. 목발로 최대한 땅 위 나무늘보처럼 움직였다. 입으로 시간을 재면서 행진했다. 서울 교통방송은 우리 집회의 목적과 조직의 이름을 한 시간마다 가장 정확히 반복해서 이야기하는 유일한 언론이었다. 도로 정체가 좀 더 길어져야 했다. 한 번이라도 더 뉴스에 나오고 싶었다. 다리 끊긴 소록도처럼 시설로 강제이주 당하고 특수학교로 보내졌던 장애인들이 여기 있다고, 서울 한복판에서 사람들에게 외쳐야 했다.

광화문 이순신 동상에 내가 직접 오르고 싶었다. 이순신 동상 시위는 1994년부터 이미 유명했다. 도심 한가운데 수많은 사람과 차량이 오가는 곳. 무엇보다 주위에 언론사가 많았다. 꼭대기에 오를 때까지는 잡히지 말아야 했다. 수십 초 안으로 빨리 움직여야 했다. 위험하고 무모한 도전이었다. 동상 말고 가장 확실히 내가 구금, 구속될 수 있는 시위 방법과 장소를 찾아야 했다.

광화문은 높지만 목발을 짚을 돌계단이 있었다. 광화문 양옆까지 덮을 걸개 그림이 필요했다. 넉넉히 10미터는 넘어야 했다. 늘 글씨를 써 주던 총여학생회에는 부탁할 수 없었다. 학교를 감시하는 경찰에게 들킬 수는 없었다. 우연히 동아리방을 지나가던 사회복지과 후배에게 부탁했다. 그녀는 전공수업 시간에도 늘 우리에게 반응이 차가웠다. 그녀는 대강당 맨 윗층 지붕 아래로 가면 경찰도 잘 모르는 낮은 공간이 있다 했다. 거기서 써 오겠다 했다. 그녀는 혼자 2시간 동안 맨발로 긴 걸개 그림을 써내려 갔다.

광화문 지붕 밑에 올라가 언론사가 올 때까지, 특히 해외 언론에서 사진 한 장 찍을 때까지 끌려가지 않아야 했다. 우리가 하는 웬만한 시위에는 방패 든 전투경찰도, 차량 통제하는 교통경찰도 없었다. 집시법 위반으로 경찰에 체포되는 것조차 쉽지 않았다. 나는 17분을 버텼다. 연행하러 온 경찰과 몸싸움으로 대치할 수 없었다. 최대한 광화문 바깥쪽에 목발과 불안하게 있으려 했다. 최근에 올린 기왓장 몇 장을 광화문 아래로 던져 꼭 깨뜨리고 싶었다. 단순 집시법 위반보다 문화재 훼손 쪽이 더 확실한 구속 사유가 될 것이라고 여겼다. 아쉽게도 기와는 부서지지 않았다. 나는 전경들에게 몸이 거의 들린 채 연행되었다.

우리는 바로 근처에 있는 종로 경찰서로 갈 생각에 기쁘기까지 했다. 경찰서에서 조사를 받으면 그곳을 출입하는 사회부 기자들이 우리 이야기를 다룰 거라 생각했다. 그런데 우리를 태운 경찰 버스는 2분 거리의 종로 경찰서 앞에서 머뭇거리지도 않았다. 경찰 무전 하나 없이 그냥 지나쳤다. 청와대 앞이라 다른 경찰서로 가나 보다며 수군수군했다. 버스는 서울 시내를 벗어나고 있었다. 40여 분을 더 달려서 버스가 멈추었다.

행주대교 한복판이었다. 경찰은 이렇다 저렇다 설명 한마디 하지 않았다. 그냥 여기 내리라 했다. 경찰 버스는 홀연 가 버렸다. 같이 잡혔던 사람들이 나와 목발을 한꺼번에 들어서 찻길 난간 너머로 넘겼다. 나는 장갑 없이 목발로 걸어 행주대교를 건넜다. 강바람이 앞뒤로 몰아쳤다. 신촌행 버스가 있는 정류장까지는 한참이었다. 한강은 기대 없이 흐르고 목발은 양력이 생겨 날개처럼 뜨려는 듯 휘청휘청거렸다.

광화문 현판 아래로 장애인들의 분노가 담긴 플랭카드
가 내걸렸다. "김대중은 거짓말장이, 에바다 문제 해결
약속을 지켜라." (중략) '장애인 시설 비리 척결과 에바
다 문제 해결을 위한 전국 대학생 연대회의'(의장 김형
수) 소속 대학생 15명은 27일 낮 12시 10분 광화문
위로 올라가 에바다 사태 해결을 촉구하는 플랭카드를
내걸고 유인물을 배포했다. 이들은 "에바다에서 수많
은 인권 침해가 일어났지만 3년이 지난 지금까지 해결
된 문제는 아무것도 없다"며 "이 땅의 모든 장애인들
이 동등한 인간으로서 자신의 권리를 누리고 살 수 있
는 새천년을 만들기 위해 김대중 대통령은 에바다 문
제를 해결해야 한다"고 주장했다. 그러나 이들은 집회
를 시작한 지 27분여 만에 광화문 위로 진입한 경찰에
의해 전원 연행됐다가 1시간 후에 모두 석방됐다.

– 「인권하루소식」 1526호 1999년 12월 28일

커피 마시는 티라노

¶

새천년 2000년 8월에 대학을 졸업했다. 폭포처럼 여름 비가 쏟아지던 졸업식 전날, 부산의 특수교육과 학생들 이 내 자취방을 찾아왔다. 시커먼 구름이 무서운 해질 녘이었다. 전공자로서 부산에서, 졸업 이후 어떻게 공부하고 활동할 것인가 방황하는 고민들이 안주였다. 내일 아침이 없는 것처럼 술자리는 이어졌다. 졸업식 시작 시간을 훌쩍 넘겨 후배들은 다시 서울역으로 떠났다. 해는 정오까지도 보이지 않았다. 알코올과 졸음이 석회 섞은 벽돌처럼 내 경직을 굳게 만들었다.

이튿날 문과대학 사무실에서 가운과 학사모를 받았다. 4월에 해진 청바지만 입고서 졸업 사진을 찍었던 때보다 스포츠 머리는 많이 자라 있었다. 대강당 1층 동아리방에 왔다. 나와 함께 전국을 함께 돌았던 우석대 특수교육과 김병기가 왔다. 화장실 냄새 가득한

동아리방을 파란색 페인트로 꾸며 주었던 그였다. 서울
남부터미널에서 출발한 나를 삼례역까지 늘상 마중 오
고 배웅했던 같은 과 문예진도 왔다. 또각또각 그녀도
노량진 고시원에서 왔다. 종합관 올라가는 언덕길 앞에
서 맨처음 게르니카에 가입했던 천문대기학과 김주현
도 왔다. 나와 같은 뇌병변 때문에 과학고에서 거부당
한 그였다. 입학 동기 사회학과 정영석도 멋내고 왔다.
같은 반도 아니었던 초등학교 동창 하나가 내 몸보다
더 큰 꽃다발을 들고 왔다.

　　1997년 여름은 우석대가 있는 전북 삼례에서 지냈
다. 많은 학생들이 학교 근방에서 자취를 했다. 밤이 되
면 대학 건물 불빛만이 논밭을 비출 뿐, 개구리 울음 가
득한 길은 사람 얼굴도 구별하기 어려웠다. 나를 자기
네 자취방에서 재우고 되도록 밝은 낮에 서울로 보내려
했다. 예진이는 내가 삼례에 온 첫날부터 혼자 마중을
나와 저녁에 닭볶음탕을 해 주겠노라 했다. 나와 예진
이, 방 친구의 몫까지 3인분으로 작은 닭 한 마리를 샀
다. 예진이 자취방은 서울 내 자취방보다 엄청 좋았다.
부엌도 번듯했다. 열 살 무렵 부산 다가구 단칸방 부엌
이 떠올랐다. 푸르스름하게 동트는 부엌 문지방 틈으로
도마질하던 엄마의 등처럼, 좁은 부엌에서 요리하는 후

배 뒷모습에 삼례 붉은 노을이 걸터앉았다. 해가 미처 지지 않았다. 어느새 학생들이 열댓명 넘게 몰려왔다. 예진이는 닭고기보다 감자를 더 넣을 수밖에 없었다.

　　나는 방문한 사람들 이름을 알아갈 틈도 없었다. 모든 눈빛이 나를 향해 있었다. 우석대 사람들도 학교에 장애인 학생 모임을 만들려 했다. 내가 다니는 대학보다 특수교육 대상자를 위한 입학 전형이 몇 년 늦게 진행되었으나 입학생 수는 우리보다 몇 배나 많았다. 전공으로 장애인을 만나는 학생은 더 많았다. 단 두 명으로 동아리를 시작했던 나는 그저 부럽고, 외로웠다. 감자투성이 닭볶음탕을 먹고 내 이야기를 하나하나 받아 적는 그들이 낯설기만 했다. 그들은 나를 4월 20일 종로의 집회에서 보았다고 했다. 그때 나는 간이 무대에 올라가 발언하다 목발을 안고 넘어졌다. 그들은 내 부모님이 있는 옥천까지 따라왔다. 그들과 함께한 웅상면 외할머니 밥상이 외할머니와의 마지막이었다.

　　2001년, 나는 한신대 대학원에 입학했다. 전공도 바꾸었다. 대학에서 본 현실은 어릴 때 도서관에서 읽은 책처럼 감동적이거나 사랑이 넘치지 않았다. 신촌의 대학은 무거운 연구 자료를 들고 따라다닐 수 있는 사람을 우선으로 뽑는다는 소문이 들렸다. 나는 영국산

찻잔에 예쁘게 담긴 커피를 교수 연구실로 배달할 수 있는 학생이 아니었다. 명동성당 앞 집회에서 만난 한신대 사회복지학과 남구현 교수님은 전투경찰의 쥐색 방패를 열어젖히고 목발 디딜 길목을 터 주셨다. 다행히 교수님은 수업 시간마다 나에게 커피를 손수 타 주셨다. 화성시 병점역에서 버스로 10분 거리인 한신대에 목발 짚은 대학원생은 여전히 나 혼자였다.

2001년 장애인 이동권 투쟁을 하며 경찰에 체포되었을 때, 나는 우울하기만 했다. 종로구 낙원동 장애인 편의시설촉진시민연대(편의연대) 사무실로 출근하던 시절이다. 출근하지 않는 날은 집에서 텔레비전만 봤다. 머리가 아파서 구토할 지경까지 누워만 있었다. 아무것도 기록할 수 없었다. 이맘때 기억은 마치 하루치 감기약을 한번에 털어 넣은 듯 분명하지 않다.

우석대 학생들에게서 연락이 왔다. 공주 정명학교 특수교사 두 분이 장애인 학생과 함께 통합캠프에 참여했다가 교육청으로부터 징계를 당해 시위 농성을 한다 했다. 그냥 카메라를 챙겨서 밖으로 나왔다. 광화문 앞 교육부로 가서 취재를 시작했다. 교육부 뒷문에서 1인 시위를 하는 동안 나는 내 팔뚝보다 굵은 보온병을 품고 그 옆에서 매일매일 기사를 썼다. 어머니가 타 주신

믹스커피는 어릴 때 해운대 해돋이 보며 몰래 먹던 그 맛이었다. 날 보겠다는 우석대 유아특수교육과 신입생들에게 여름방학 동안만 서울에서 지내자 했다. 대구대 학생들도 불렀다. 그해 여름, 서울시청 옆 국가인권위원회를 점거하고 특수교사와 장애인 학생의 아버님이 단식 농성에 들어갔다.

여전히 난 우울했다. 날이 밝지 않기를 바랐다. 무기력했으나 계속 현장에 남을 이유가 있어야 했다. 2002년 2월 편의연대에서 한일 장애인 대학생 교류 사업의 일환으로 우석대 평행선, 대구대 렛츠, 이화여대 틀린그림찾기 등 장애인 대학생 조직 구성을 지원했다. 고등교육 기관에서의 차별은 겉으로는 일본이 더 심해 보였다. 하지만 일본장애인연맹에는 우리에게 없는 장애인 대학 진학을 전담하는 조직과 활동가가 있었다. 같이 갔던 후배들 앞에서 나는 "우리도 일본과 같은 단체가 있어야 한다"고 떠들었다. 여전히 대학 2학년처럼 굴었으나, 후배들에게 나는 같은 대학생이 아니었다. 끝없이 잔소리만 해 대는 사람이 된 것 같았다.

어느새 나는 장애인교육권연대 사무국장이 되어 있었다. 그리고 2003년 6월 10일에는 참교육학부모회 회장인 박경양 목사의 축사로 장애인학생지원네트워

크가 출범했다. 생애 처음으로 내 활동 현장에 어머니를 정식으로 초청했다. 아무도 몰랐다. 출범식 날이 유월항쟁 학생 정신을 이어받고 싶은 욕심에 정한 날짜라는 것을. 출범식에는 근래 생긴 연세대 장애학생지원센터 이옥경 교수님께서 주제 발표까지 해 주셨다. 그러나 게르니카 후배들은 오지 않았다.

서울시교육청에서 두 번째로 생일을 맞은 2004년 이후 나는 더 이상 겨울 천막 농성에 나갈 수 없었다. 조금만 피곤해도, 조금만 잠을 자지 않아도 속을 게울 듯한 기침이 멈추지 않았다. 세브란스에서 아무리 특진으로 검사를 해도 원인을 못 찾았다. 무리하지 않는 수밖에 없었다. 사람들을 모아 전투기를 막고 잠수함을 막으며, 전동휠체어 수백 대로 경부선을 막고 각국 대사관을 점거하여 전 세계 언론에 한국의 장애인 투쟁을 속보로 내보내고 싶었던 내 환상은 끝났다. 내 손으로 직접 장애인교육권연대 사무실에서 내 짐을 모두 뺐다. 연남동 집으로 들어왔다.

그래도 기침은 멈추지 않았다. 부모님 집에서 나와야 숨쉴 것 같았다. 연희교차로 옆, 연세대 서문으로 가는 길이 내다 보이는 복층 오피스텔을 사무실로 얻었다. 아무런 벌이가 없어서 월세가 막막했다. 오피스텔

주인은 예전 하숙집 입구에 있던 과일가게 사장이셨다. 목발을 휘저으며 큰길 횡단보도를 건너던 나를 본 적 있다 하셨다. 새로 도배 안 하는 조건으로 월세 10만 원을 깎아 주셨다. 주로 인근 대학가 외국 유학생들이 단기로 머무르는 곳이었다. 여기서 내 생애 첫 차를 받았다. 대학 진학 상담을 다시 시작했다. 동아리방에서 날밤을 새며 쓰던 성명서와 보도자료를 이어서 쓰기 시작했다.

2007년 명지전문대, 신라대, 우석대, 한양대, 군산대 학생들을 현장에서 다시 만났다. 그들은 자꾸만 나에게 왔다. 이유 없이 자주 좁디좁은 사무실을 찾았다. 사무실에서 다닥다닥 붙어 자는가 싶더니 세계장애인대회를 장애인 대학생 이름으로 순례하였다. 갑자기 순례팀 대장을 맡게 된 눈물 많은 명지전문대 그녀는 아침마다 널브러져 있는 나를 깨웠다. 나지막하지만 다소 떨림이 있는 목소리였다.

장애 정체성이나 인권 감수성이 없다면서 인터뷰를 회피하는 학내 장애인 대학생을 비판하는 기사를 쓰던 한정원은 버스만 끊기면 사무실로 밀고 들어와 배고프다고 투덜거리며 작은 냉장고의 묵은 밥을 싹 다 비웠다. 한정원 후배는 20킬로그램 쌀 한 봉지를 사무실에 던져 놓고는 결혼했다. 엉엉 울면서 밥그릇을 비우던 후배의 눈물은 차츰 산통 끝 도파민처럼 내 우울을 밀어내었다.

　나는 여전히 순례대장님 문자 한 통에 새벽 4시에 일어나 면도를 하고 옷을 입는다. 공룡처럼 쿵덕거리는 걸음소리를 감추기 위해 한 번도 바깥 흙 밟은 적 없는 운동화를 실내에서 신고, 몇 년 전 옮긴 은평구 구산동 홀로 사는 아파트 거실을 청소한다. 목발을 기다란 발톱처럼 돋세우고 땅주름 죄다 끌어 대는 티라노사우루스는 쿵쿵 마침표를 찍어 대면서도 여태껏 멸종하지 않았다. 급하면 캡슐커피 한 잔으로 아침을 하고, 다시 학교를 무대로 그르릉거릴 뿐이다.

우간다에서 얻은 이름

¶

2018년 8월, 인천 검역소에서 황열 백신을 맞았다. 동아프리카 우간다로 떠난다고 콜레라 예방 백신도 마셨다. 출국 일주일 전, 저녁 내내 전동스쿠터를 타느라 비를 맞을 수밖에 없었다. 열이 쉬이 떨어지지 않아 온몸이 김치 냉장고에 들어간 듯 찬 기운이 돌았다. 여름비 때문인지 백신 때문인지 알 수 없었다. 목 안이 헐었다. 인천공항에서 시킨 냉면 육수조차 넘기기 힘들었다. 오르락내리락 몸살 기운보다 더 큰일은 허리 높이 여행 가방을 어떻게 인천공항 주차장에서 출국장까지 가져갈 것인지였다. 내 두 손은 늘 자유가 필요하다.

　　자정 무렵, 모든 비행기가 조기 퇴근한 것마냥 홀로 남은 에티오피아 항공사 비행기는 외롭기보다 낙낙하게 고즈넉했다. 같이 가는 동료들은 내 덕분에 다리를 펼 수 있는 넓은 자리를 얻었다. 화장실 가기도 수월

했다. 기내식 준비하는 갤리 바로 앞이었다. 간이 가림막 안에서 승무원들은 구두를 벗고 맨발로 식사 준비를 했다. 14시간 넘는 비행 중 으깬 감자와 항생제, 진통제만으로 버티며 자다 깨다를 반복했다. 잠깐 눈을 뜰 때마다 그들의 검은 맨발이 카펫 위에서 햇빛처럼 반짝반짝했다.

한밤중에 한국을 떴는데 에티오피아 아디스아바바 공항에 도착했을 때도 동이 트지 않았다. 나는 따로 경유 게이트를 거치지 않고 비행기 옆구리에서 특장차로 옮겨 탄 뒤 곧바로 우간다행 비행기로 갈아탔다. 다른 동료들이 경유 수속을 밟는 잠깐 사이, 나는 그 비행기에서 유일한 동양인이었다.

다른 피부색을 가진 단 한 명이 되는 경험은 프랑스 파리에서 아일랜드 더블린으로 가는 작은 비행기에서도 있었다. 2003년 여름이었다. 동양인도 나 하나, 한국인도 나 하나, 목발을 사용하는 사람도 나 하나였다. 생애 처음으로 나 홀로 떠난 나라 밖 여행이었다. 옆자리에 앉은 아일랜드 할머니와 나이 많은 승무원은 남한에서 왔느냐 북한에서 왔느냐 물어볼 뿐이었다. 이곳 우간다처럼 2003년 더블린에서는 나를 아는 사람이 그 누구도 없었다. 아니 없기를 바랐다.

IMF 사태 이후 부산대 앞의 꽃집을 정리하신 부모님은 대전에서 하루 한두 번 버스가 다니는 옥천으로 가 날품팔이를 하시다가 서울로 오셨다. 형과 나, 부모님 모두가 살 수 있는 집을 신촌에서 구하는 것은 불가능했다. 사업자 대출로 1,500만 원을 얻었다. 일생 처음 내 이름으로 빌린 큰돈으로 신림동 보라매공원 앞에 2층 옥탑방을 구했다. 아슬아슬 난간도 끊겨 있는 옥탑방이었지만, 방이 두 개라 형은 방을 따로 쓸 수 있었다. 나는 일주일에 하루 이틀 집에 갔다. 갈아 입을 옷이 떨어질 때까지 주워 온 침대가 놓인 대강당 동아리방에서 지냈다.

　　언제나 개방하는 학생회관과 달리 대강당은 밤 11시만 되면 문을 잠가 학생들을 통제했지만, 어느 날부터인가 경비 아저씨가 아무 말 없이 모른 척해 주셨다. 가끔 전동휠체어가 방전되어 오갈 데 없는 학생들이 있으면 새우잠을 주무시다가도 대강당 오른편 한쪽 문을 살짝이 열어 주셨다. 집에 가려면 142번 버스를 타야 했는데, 한 시간 가까이 걸리는 데다가 버스 요금을 낸 뒤 쓰러지지 않고 안전하게 버스에 자리 잡는 게 여간 연습이 많이 필요한 일이 아니었다. 탈 때마다 밧줄 없는 번지점프를 하는 듯했다. 집에서 출발해 아침 9시

수업을 제대로 들어가는 것은 불가능했다.

　책가방이나 무거운 전공 책을 보관하기 위해 아침에 동아리방에 온 사람들은 자판기 커피를 양손에 들고서 아무렇게나 널브러져 자는 나를 깨워 밥을 먹이곤 했다. 졸업 학점에서 1학점이 모자라 한 학기를 더 다녀야 했다. 등록금은 겁이 났지만 대강당에서 더 잘 수 있게 된 것은 다행이었다.

　형은 결혼을 해서 신림동을 떠났다. 아버지는 청계천 등지에서 다시 무역 상사를 하고 싶어 하셨다. 하지만 늘어나는 것은 카드 빚밖에 없었다. 돌려막아도 이자도 역부족이었다. 아버지는 1년도 넘기지 못하고 사업을 정리하셨다.

　우리는 남은 보증금을 빼서 연희동 옆 연남동으로 이사를 했다. 당시 연남동에는 경의선 철길 따라 사글셋방이 많았다. 1970년대 소공동 차이나타운 강제 철거 때 옮겨 온 화교들이 살았다. 아버지는 철길 아래 땅값 싼 곳에 자리 잡은 택시 회사에 수동기어 운전이 가능한 유일한 운전사로 취업하셨다. 기름 값을 많이 아껴 주는 연비 좋은 택시 기사였다.

　나는 연남동에서 충치 치료를 시작했다. 대학 병원의 치과 진료는 너무 거칠고 비쌌다. 돈 없는 화교 어르신 치과 진료를 친절하게 한다는 의사를 소개받았다. 계단 많은 건물의 2층으로 올라가니 원장실 한편에 베트남 호 할아버지 사진이 크게 걸려 있었다.

처음 만난 치과 의사는 내 경직과 긴장에 자연스러웠다. 다 썩은 오른쪽 어금니의 자투리를 남겨 주고는 단골 중국집에서 매운 사천식 짜장면을 사 주었다. 그는 내게 작가 제임스 조이스를 아는지 물었다. 그리고 비싼 우리나라 국적기를 이용할 수 있는 아일랜드행 표 한 장을 내밀었다. 본인은 내일 떠나는데 나더러 일주일 뒤에 혼자 오라고 했다. 신부님께 드릴 종이 소주 몇 줄과 담배 몇 보루만 비행기 삯으로 받겠다 했다.

대학원 수료 후 나는 거의 집 밖으로 나가지 않았다. 밥만 먹으면 반복해서 체했다. 잔기침이 멈추지를 않았다. 머리가 아파서 구토할 지경까지 오래 잤다. 그러고 눈을 뜨면 블랙 커피 열 잔을 한꺼번에 마신 듯 25시간 넘게 깨어 있었다. 웬만하면 생일 파티나 뒤풀이에 가지 않았던 나를 사람들이 반기지 않는다 느꼈다.

4년 동안 동아리 활동, 총학생회 선거 개입 운동까지 해야 한다고 사람들을 동원했다. 그때 내가 모든 우주의 중심이자 지구의 중심처럼 우쭐거렸다. 다른 사람들도 나처럼 고민하고, 나처럼 해야 한다고만 여겼다.

사람들에게 날카로운 칼날처럼 말하고 기다란 대나무처럼 책망하기 바빴다. 대학 졸업 때까지 나는 뭔가 하지 않으면 지구 종말이 온다는 듯 새벽 4시 넘도록 문맥도 맞지 않는 성명서, 보도자료를 써 댔다. 학교 동아리방을 투쟁 사무실로 썼다. 전국 학생들을 불러 회의를 했다. 그러다 보니 정작 동아리 학생들은 공강 시간에 동아리방에서 쉴 수 없었다. 사람들은 동아리방에서 자는 나를 아침마다 봐야 했다. 나 때문에 벽돌 같은 전공 책을 동아리방에 던져 둘 수 없었다. 나에게 동기들의 취업은 그저 나약하고 비겁한 행동으로 여겨질 뿐이었다. 수업 내내 배고픔을 견디다 동아리방에 온 후배들과 먼저 밥을 나누지 못하고, 회의를 뒤로 미루지 못했다.

졸업한 나에게 동아리방에서 계속 잔소리를 들어야 했던 후배가 있었다. 그 후배는 매일같이 동아리방 무거운 철문을 덜컥 열며 뜨거운 자판기 커피를 양손에 들고 내 아침을 깨웠다. 어느 날, 그이가 나에게 동아리방 출입 금지를 통보했다. 동아리방에서 모두 나를 방출했다. 광화문에 현수막을 펼치며 방방곡곡 함께하자고 결의했던 전국의 대학생들에게 불신임, 해임되었다. 나와 함께 활동한 학생들은 하나같이 나에게 이용당했

다고 입길을 하는 듯했다. 나는 후배들로부터 멀리해야
할 방사능 폐기물 같은 존재가 되었다. 아무도 나를 모
르는 곳으로 그만 사라져야 했다. 나는 몸도 마음도 쑥
대밭이 되어 있었다. 누구에게도 내 곁에 틈을 주지 못
했다. 더 이상 나 같은 존재로 고민하거나 투쟁하고 싶
지 않았다. 오늘 해가 지면 내일은 태양이 뜨지 않기를
그때는 간절히 원했다.

　　연남동 치과의사가 뜬금없이 비행기표를 내밀었
을 때 고민하지 않았다. 소주와 담배만 가득한 배낭과
단돈 100유로를 들고 한국을 떠났다. 파리를 경유해 더
블린으로 가는 비행기에서 나는 유일한 동양인이었다.
또 유일한 목발 사용인이었다. 한국을 떠나도 여전히
나는 나였다. 아무도 나를 모를 것 같은 더블린에도 나
같은 사람들은 있었다. 더 많이, 더 다양하게, 아일랜드
뉴스에 계속 나오고 있었다.

　2003년 7월 21일부터 아흐레 동안 아일랜드에서
는 하계 스페셜올림픽이 개최되었다. 국제올림픽위원
회가 장애인들에게 올림픽이란 이름을 사용하도록 허
락한 유일한 대회다. 아일랜드는 혼자 온 나에게 별다
른 질문을 하지 않았다. 소주와 담배만 배낭 가득 싣고
온 나를 너무나도 빠르게, 너무나도 친절하게, 너무나

도 자연스럽게 빅토리를 외치며 입국시켜 주었다. 나는 더블린 공항에 게시된 스페셜올림픽 홍보물을 애써 외면했다.

그런데 도망쳐 온 더블린에서, 아무렇게나 깔개로 쓰려고 챙겨 온 2002년 한일월드컵 붉은 악마 티셔츠를 나는 다시 입었다. 한국 선수가 출전하는 스페셜올림픽의 비인기 경기를 응원하기 위해서였다. 광주 엠마우스복지관에서 온 발달장애를 가진 선수들이었다. 더블린에 사는 한국인 주인장과 윤씨 치과의사는 당연히 내가 가야 한다고 했다. 그래서 나는 다시 나 같은 사람들과 함께하게 되었다. 서울에서 8,948킬로미터 떨어진 곳에서도 나 같은 그들과 있었다. 나에 대한 불신임안을 투표하는 자리에서 나를 지지한 사람은 오로지 한 명뿐이었다. 그는 사람들에게 말했다. "김형수 의장을 해임하려는 우리를, 이 순간까지 이 자리에 있게 한 것이 바로 형수 형입니다." 소아마비로 다리가 앙상한 박희진이 떠올랐다.

2018년 11월, 우간다 엔테베 공항에 도착했다. 햇살이 한국의 한여름보다 따가웠지만 생각보다 덥지 않았다. 수도 캄팔라의 기온은 30도를 넘지 않았다. 공항 앞 황톳길에서 일광욕 즐기는 도마뱀이 우리를 맞이했다. 인질 탈출과 테러 진압의 이미지로 널리 알려진 공항이지만 내가 도착했을 때는 평화롭기 그지없었다.

우간다에서 가장 크고 오래된 국립 마케레레대학교에 갔다. 장애인 재학생들 주재로 '장애 인식 주간'을 진행하고 있었다. 80명 넘게 모인 다양한 장애인 학생들이 열변을 토하고 청중은 호응했다. 동아프리카의 장애인 대학생들이 다 모여 있는 듯했다. 사실 그들은 우간다에서 굉장히 소수다. 우간다 전체 아동의 초등학교 진학률은 92퍼센트이고, 장애 아동 중 초등학교에 다니는 비율은 겨우 9퍼센트이다. 어떻게 이들 수십 명이 대학에서 다시 모였을까? 그들의 비늘처럼 빛나는 눈빛에서 문득, 대학교 2학년의 나를 발견한다. 나는 장애우권익문제연구소 인권 강사로 그 자리에 초대받아 그들 앞에서 한국 상황을 소개했다. 그런 다음 6시간 차를 타고 북부 지역 글루로 갔다. 수업 없는 주말, 여섯 개 초등학교에서 교사 100명이 모였다. 통합 교육과 인권을 배우려고 새벽부터 마을 한두 개쯤은 사뿐히 걸어 온 선생님들이었다.

"교사 하나가 바뀌면 교실에 학생들이 바뀌고, 학생들이 바뀌면 한 학교가 바뀝니다. 한 학교가 바뀌면 한 마을이 바뀌고 한 마을이 바뀌면 한 국가가 바뀔 수 있습니다.”

　　나는 이곳 아촐리 부족의 이름을 얻었다. 부족 아이들은 나를 'Oyat Kim'이라 불렀다. 부족 언어로 '나무'라는 뜻이다.

닫는 글

우울한 날에는 오븐을 데운다

새로이 얻은 작업실이자 사무실, 상담실, 사랑방, 나 홀로 사는 집은 서울 은평구 구산동 끝자락에 있다. 서오릉으로 넘어가는 언덕길의 두 동짜리 재건축 아파트다. 17층 거실에서는 맑은 날 족두리봉을 시작으로 향로봉까지, 북한산 자락이 손에 잡힐 듯 보인다. 예부터 왕릉주변은 화재 지진 수해 위험이 적다 했고, 인근 군부대에는 숨어 있는 경찰부서도 있다. 내 몸 주위에 있던 불안한 중력 같은 기운들이 조금 가벼워졌다.

서대문구 연희동에서 20년 넘게 살았다. 연희동 성당 앞 복잡한 교차로 좁디좁은 복층 원룸 오피스텔이었다. 두어 번의 화재와 소방차 출동을 겪었다. 온 건물을 무너뜨릴 듯 탈출하라며 현관문 두드리는 소리, 복층 계단까지 진동시키는 소방차 사이렌 소리에 던져지듯 3층 높이 계단을 목발로 내려와야 했다. 어떻게든 안전한 곳을 찾아 떠나야 한다는 불안감이 온몸을 짓눌렀다. 2019년 크리스마스이브에는 대상포진마저 걸렸다. 여기를 벗어나야겠다고 마음먹었다.

연희동을 떠나는 날, 이순희 어머니는 당신이 쓰신 10년 동안의 일기는 물론 나의 초등학교 그림일기, 개근상 한 장까지 모두 상자에 담아 목록을 적어 안기셨다. 당신으로부터 완전하고 완벽하게 독립하라는 선언이셨다. 이사하는 아침, 이삿짐 날라 주시는 분들에게 얼음 동동 단술, 식혜를 내주시는 것은 여전하셨다.

생애 첫 아파트 생활은 호락호락하지 않았다. 일부 주민들은 주차장이 부족하니 지상층 휠체어 표식 주차 구역 다섯 개 중 일부를 일반 주차장으로 쓰자 주장했다. 주차 불편을 외치는 단체 문자에도 아파트 관리소장은 장애인 주차 구역을 지우는 것은 절대 불가하다는 공지를 올렸다. 그러나 미끄러져 넘어지지 않고 비를 피할 수 있는 지하 주차장에는 장애인 주차 구역이 만들어지지 않았다.

관리실 앞 CCTV 모니터 옆에는 '층간 소음 분쟁

대응법'이란 종이가 붙었다. 나는 다리 뻗은 모든 가구에 테니스공과 양말을 신겼다. 고관절이 벌어져서 수각류 공룡처럼 쿵쿵거리는 내 걸음은 사뿐사뿐해져야 했다. 수중 트레킹화 몇 컬레를 주문했다.

나는 덩치 큰 네 바퀴 전동스쿠터를 몰고 다니는데 아파트 정문은 큰 화단으로 막혀 있다. 스쿠터는 인간의 또 다른 걷는 방식으로 인정받지 못한다. 재산세 내는 내 명의의 아파트이건만 정문 출입을 금지당하고, 밤손님마냥 뒷문으로 다녀야 한다. 스쿠터로 집 앞 복도를 가로막을 때도 많다. 내 집 안방에 들여놓지 못한 내 발걸음이 행여나 소방법 위반으로 신고당할지도 모르는 위험이 항상 도사린다.

나보다 한 달 늦게 이사 온 옆집 부부는 아이들의 자전거가 공용 공간을 많이 차지해 미안하다면서 비싼 과일을 내밀었다. 재활용품과 음식물쓰레기를 버리러 1층에 내려가면 얼굴이 가물가물한 신혼부부들과 어린이들이 껌벅껌벅 인사를 건넨다. 대신 버려 주겠다는 동네 어린이들에게서 냄새 가득한 음식물쓰레기를 지키느라 진땀을 뺀다. 바로 위층 어르신은 뜬금없이 내려오셔서 초인종도 없이 과일과 채소, 시루떡을 가끔 문고리에 걸어 두신다.

1층 장애인 주차 구역에서는 1995년에 재건했다는 수국사 황금 사찰 대웅보전이 삐친 머릿자락처럼 보인다. 말 그대로 대웅전을 영원히 보전한다고 몽땅 금박을 입혔다. 접근성이 좋으니 장차 일본의 황금 절인 금각사보다 유명해지리라 자랑한다. 전동스쿠터 무거운 충전지를 새것으로 갈고 아파트 후문으로 나가 사찰로 향했다. 대웅전에서 아파트를 내려다본다. 집에서 법당까지 직선거리 222미터. 그 거리를 오는 데 석 달 넘게 걸렸다. 대웅전 마당에 이르는 동안 구르는 바퀴를 막는 돌계단, 문지방 높은 산문(山門)이 없다.

이렇게 나 홀로 내 걸음 자력으로 갈 수 있는 사찰은 25년 전쯤 부산 범어사가 있었다. 가끔 지옥같이 지겨운 연산동 학원가 한샘학원을 벗어났다. 당시 범어사역에는 승강기가 없었다. 역앞에서 사찰 셔틀버스가 손님이 다 찰 때까지 기다렸다. 보고 온 것은 절 앞에서 멀찍이 바라본 범어사의 겹겹이 겹쳐진 처마뿐이었다. 치솟은 산문 앞 두터운 계단에 닿기도 전에 나는 오솔길로 빠졌다. 약 50미터에 걸쳐 큰 바위가 여러 개 줄지어 있었다. 바위에 목발을 널브러뜨리고 저녁 절밥 짓는 내음이 솔솔 날 때까지 걸터앉아 있었다.

일생에 딱 한 번 부처님과 일대일로 얼굴 맞대고

만난 적이 있다. 초등학교 6학년 경주 수학여행 때였다. 키다리 아저씨처럼 호리호리하고 기다랗던 교감 선생님이 나와 함께 한 시간 먼저 택시로 출발했다. 교감 선생님은 주차장에서 석굴암까지 깍지로 내 엉덩이를 받치고 산길을 오르셨다. 깡마른 손마디 뼈가 가끔 살을 파고들었다. 잠시 선생님 등에서 내려왔을 때, 그의 체육복은 온통 땀으로 축축해져 있었고 내 얼굴에 묻어날 정도였다.

구산역에서 서오릉으로 향하는 큰길은 늘 번잡하다. 구르는 바퀴 위에 앉아 인도를 지날 때면 놀이기구를 탄 것 같다. 울퉁불퉁한 길을 온몸으로 느낀다. 퇴근길 반찬가게나 마트 앞에 겹겹이 쌓인 물건들이 인도로 쏟아진다. 그래도 내 바퀴의 진입이 아예 가로막히면 피곤에 전 직장인은 길을 비켜 주고, 가게 밖에서 떨이를 외치던 점원은 얼른 달려와 사과하며 냉큼 물건을 치워 길을 터 준다. 사람들에 치여 찻길로 밀려날 찰나, 누군가의 손짓으로 길 가운데가 홍해 열리듯 갈라지는 모세의 기적을 경험하기도 한다. 동병상련 세발자전거 에스코트를 받으며 달리는 골목길은 상대적으로 쾌적하고 안전하다.

구산역 새로운 가게에서 커피 한잔 하자 한 것이

동네 친구들 모이는 저녁 자리가 되었다. 로봇청소기가 바닥 전선을 마음껏 씹어 먹으며 투다닥 돌아간다. 그 사이 오븐은 200도 준비 완료되었다고 삑삑거린다. 돼지 통삼겹살 스테이크를 하려 했는데 수육용으로 잘못 주문했다. 소금 후추 올리브를 한꺼번에 뿌리고 팬을 데워 대충 버터와 마늘 넣고 거뭇거뭇 태운 다음 수육 살이 숯이 될 만큼 바짝 구워 댄다.

어릴 때부터 나는 시골 정지에서 외할머니가 제사상 차리시는 것을 거들고, 부산 단칸방에 딸린 부엌에서 엄마에게 요리를 배우면서 자랐다. 경상도에서는 부엌을 정지라고 한다. 정지에서 나는 중요하고 필요한 사람이 되었다. 새벽 김밥을 마는 어머니 말벗을 시작으로, 냄비밥을 바라보며 밥 내음을 감시하거나 꼬박 하루 조청을 졸이는 아궁이 불을 지키는 등 누군가를 위해 식사를 준비하는 동안 나는 다른 이들에게 중요한 사람이 될 수 있었다. 대학 모꼬지에서 밥 짓기에 물만 맞추고 카레가루만 잘 녹여 내어도 내 주위에는 친구들이 모여서 무언가 완성하길 기다려 주었다. 그래서 나는 외롭거나 무기력하면 사람들을 초대하여 그들을 위해 요리를 한다. 처음엔 응하는 이가 없었다. 점차 아무 이유 없이 찾아와서 먹을 것을 빨리 내놓아라, 맛이 있다, 없다, 마음껏 구박하며 우리 집에 모이는 사람들이 늘어났다.

은평구로 이사 와서 이렇게 '나 혼자 산다'를 찍다 보니 새롭게 연 복지관 관장부터 동네 사람들, 멀리 사는 친구들, 얼굴 한 번 본 적 없는 SNS에서 만난 외국인까지 찾아왔다. 신나게 식탁을 차려 주고 배 터지게 같이 먹었다. 혼자 사는 나에게는 벅찬 7킬로그램짜리 수박 깍둑썰기를 해 주는 이도 있고, 한 달 먹고도 남을 맥주 한 짝을 들고 와서 돌아갈 때는 산더미 같은 쓰레기를 몽땅 가져가는 손님도 있다. 손쉽게 외출하고 서로를 살피기가 힘들기에, 인간답게 살기 위해, 우리 집에서 밥을 차릴 때만이라도 누군가에게 의미 있고 필요한 존재가 되기 위한 고육지책일지 모른다.

그러나 홀로 사는 어르신과 여성, 장애인이 방문객으로부터 범죄를 당하는 끔찍한 사건들이 잇따르다 보니, 우리 집 정지의 오븐 데우는 일을 그만두어야 하나 고민이 될 때도 있다. 같이 불광천을 산책하자는 동네 주민의 제안도 한층 경계하고, 괜스레 나랑 친해지고 싶다는 메시지에도 불안하기만 하다. 아파트 두꺼운 출입문을 올가미로 열어젖힐 것 같고 힘센 이가 밀고 들어와 겁박하고 감금하면 어쩌나 하는 공포에 시달린다.

이 공포와 불안은 실제 사건이 없어도 공기처럼 전염된다. 약자를 향한 범죄는 이렇게 사람들 사이의 신뢰와 연대감을 약화시켜 개개인을 모두 고립시킨다.

우리는 그럴수록 혼자 밥을 먹으면 안 된다. 나는 우리 집 오븐 스위치를 함부로 내리지 않을 것이다. 월요일부터 이번주에 차려 낼 메뉴를 고민하고 일주일 내내 요리 연습을 할 것이다. 금요일이면 방문할 누군가를 위해 청소를 할 것이다. 한때는 하루에도 몇 건씩 성명서와 대자보를 신들린 듯 써 댔다. 이제 몸으로 싸울 물리력도, 조직으로 대항할 정치력도 없다. 그냥 지친 누구에게 한 끼 식사 만들어 드리는 것이 최선의 저항이 되었다.

반백 살이 다 된 이제는 온갖 시선과 거부에 익숙하고 태연한 척한다. 차별과 혐오에 대하여 멈칫하고 쪼그라들지 않는 사람이고 싶었다. 내 몸과 장애를 온전히 드러내야 하는 동네 헬스장이나 미용실의 첫 고객이 되는 데에는 많은 용기가 필요하다. 손님임에도 불구하고 가게 주인들에게 나는 늘 안전하고 독립적이며 매너가 좋아서 다른 손님의 민원을 일으키지 않고 가게 경영에 방해되지 않을 사람임을 증명해야 한다. 대부분의 사람들은 자신의 만족과 욕망을 위해 검색을 할지언

정 차별과 혐오, 배제를 당하지 않기 위해 눈치를 보는 경우는 거의 없다. 나는 싸우거나 문제 제기를 하기 위한 인권 활동가가 아니라 그냥 마실 나온 동네 주민으로서, 문전박대를 당하지 않고 지불한 비용만큼 존중을 받기 위해 사전에 접근성을 조사하고 후기와 별점을 찾아본다. 그러나 구산동으로 온 지 일 년 만에, 계단 드높은 미용실 세 군데를 지나고 그나마 야트막한 계단 한 개를 등반하여 두드린 미용실마저 내 목발을 보는 순간 문 닫을 시간이라고 말한다.

비장애인들이 아무렇지 않게 누리는 것으로부터 거부당하지 않으려고 애쓸 때마다, 혀 차는 소리나 대단하다는 소리를 들을 때마다 나는 요리를 한다. 아주 우울한 날에는 된장찌개를 끓이고, 너무 슬픈 날에는 어묵탕을 우린다. 지치고 기운 빠질 때는 돼지 스테이크에 후추와 소금을 뿌린다. 그 내음이 올라오면 수퍼히어로의 수트처럼 내 몸에 갑옷이 생긴다. 외할머니집 깊고 깊은 시커먼 정지에서 장작불로 졸인 조청같이 내 마음이 달달해진다. 음식을 나눈 사람들의 마음도 잠시나마 달달해지기를 기원한다.

목발과 오븐

초판 1쇄 발행 ✳ 2024년 12월 15일

지은이 ✳ 김형수

디자인·사진 ✳ 전종원(@formforlife)

펴낸곳 ✳ 한뼘책방

펴낸이 ✳ 이효진

등록 제25100-2016-000066호

주소 ✳ 서울시 은평구 은평로21길 14-20

전화 ✳ 02-6013-0525

팩스 ✳ 0303-3445-0525

이메일 ✳ littlebkshop@gmail.com

SNS ✳ @littlebkshop

ISBN 979-11-90635-19-6 03810